阿拉斯加韓醫院

알래스카 한의원

李昭姈이소영——著　簡郁璇——譯

韓國讀者好評推薦

您一定會大吃一驚，也想像不到其中會隱藏著這樣的故事。這是個人們懷抱最後一線希望前來，在未知之地阿拉斯加尋找身心平衡的故事。請務必在小說中一探究竟！——朴泰根（WisdomHouse 出版社本部長）

剛開始是基於好奇和神祕而閱讀。異國風光、永晝、韓醫學與因紐特人傳說的絕妙組合。……其中隱藏著何種可怕又悲傷的故事呢？……與過去的傷痛相見，進而揪住它的衣領與其搏鬥的感覺很棒。我們經常在生活中逃跑，我也十分欠缺勇氣，但逃跑的瞬間幽靈會不斷追來，直到我下定決心要與之對抗。推薦所有恐懼痛苦之人前往阿拉斯加。

第一次接觸這本書的時候，最先感到好奇的是「阿拉斯加有韓醫院嗎？」開始閱讀之後，我對主角的故事產生了共鳴；讀完之後，則是開始審視隱藏在我心中的痛苦是什麼。而且最重要的，是好想不顧一切地前往阿拉斯加。我也想聽聽鯨魚的聲音，將我的痛苦在那裡放下。我很好奇伊琪的下一個故事，以及高譚的過去。

我們的身上都帶著椎心刺骨的傷痛。有人會試圖爬梳傷痛的最初源頭，將其刨去；有人則不然，只是等待著傷痛會自動消逝，然後忘卻痛苦。不管是哪一種，都很痛苦。

儘管我們活在這樣的選擇之中，卻沒有什麼才是最正確的解法。我們只能以各自的方式承受各自的痛苦，默默地接受傷痛，時而咬牙忍耐……而「伊琪」為我們展現了其中的一種方式。包括我在內的眾多讀者，是否能透過「伊琪」的旅程，找到屬於「我」的解決方法？

但願如此。

【推薦序】那些發生過的種種，身體都會用它的方式記得

蘇益賢（臨床心理師）

（註：為避免影響閱讀體驗，建議於讀過小說本文後再行閱讀本文）

在精神分析浩瀚的理論裡，心理防衛機制（defense mechanism）是個重要的概念，這種無意識運作的歷程，在人類心智成長的路上，提供了一種保護。

白話的話，在人類長大的過程中，如果遭遇了一些會引發我們極度焦慮的事件（好比，自己無法理解或潛在有害的經驗，如創傷、受虐、忽略等），持續讓這種經驗與焦慮感發展下去的話，我們的心智狀態很可能會因此「癱瘓」。而防衛機制正是為了避免這種狀況發生而開始於背景運作，讓我們的心智仍可繼續作用。

防衛機制運作的方式很多元，但不外乎是一組名詞與動詞之間交乘的結果：無意識對我們

的「知覺、記憶、感受、身體狀態、動機、思考、認知」進行了「扭曲、忽視、阻斷、修改、掩蓋、偽裝、再編寫」的過程。

雖然防衛機制難以用科學方式直接驗證，但此概念確實在我們理解人類心理狀態時帶來了頗大的助益——特別是在探討心理創傷時。近年書市有不少暢銷經典如：《心裡的傷，身體會記住》、《當身體說不的時候》、《深井效應》等，其實都在揭櫫這樣的事實：成長路上發生過的創傷事件，都可能會因為我們當時的心理無法承受，而引發了防衛機制的啟動。同時，更重要的是，這種防衛有時候「過猶不及」，在過度使用後，可能反過來對個體帶來負面的影響。

在《阿拉斯加韓醫院》這部作品中，主角伊琪就是一個鮮明的例子。故事起於伊琪長期右手臂難以忍受的疼痛，歷經各種治療都無效。最終，伊琪才發現這個無法擺脫的疼痛，背後其實藏著某些深刻、但自己其實不願意想起的心理意義。乍看之下，本書是在講述伊琪作為「偵探」，試著尋找疼痛背後蛛絲馬跡的療傷之旅。但讀完後，我認為這本小說更像是伊琪重新把遺失的拼圖慢慢找回來，並且藉此重新拼湊出一幅完整自我的旅程。

除了可以從佛洛依德學派的防衛機制角度切入這個故事之外，我們亦可在故事中看見另一位心理學家榮格的影子。榮格認為，人類的意識可由淺到深分為意識、無意識與集體無意識。他曾這麼比喻：如果說露出水面的小島是人能感知到的意識，那因為潮來潮去而顯露出來的水面下的地面，就是個人無意識；而島的最底層，則是作為基地的海床，就是人類的集體無意識。

在每個人意識的深處，有一個不是源自個人生活經驗而有的意識根源，此根源是來自一個更廣袤的地方，亦即人類集體無意識傳遞出來的千古大夢。在小說中，作者巧妙帶入的一些元素，夢、童話故事、尊崇自然的文化、非科學的傳統醫療、宗教體驗、透過物質進入的迷幻時刻……其實都有意無意的帶著伊琪往下潛入集體無意識中，帶走一些有助於自己再看見自身無意識的刺激。

無論從創傷，還是心理分析、分析心理學的角度來切入，這部作品都提供了豐富的素材，讓讀者各自理解與投射。當然，作為一本小說，這個極具畫面與故事感的作品本身相信也能帶給讀者很棒的閱讀感受。對故事、對人類心理狀態、對創傷療癒感興趣的讀者，千萬別錯過了。

I

伊琪已經九個月沒辦法剪右手指甲了。因為只要稍微觸碰一下右手臂，便會痛不可遏，所以只要右手臂能痊癒，無論要她做什麼，她都願意。

夏末，辦公室內的電風扇和空調咻咻地勤快運轉，但伊琪的右手臂卻戴上了刷毛手套與袖套。這固然是為了遮掩沒辦法剪短的指甲，但由於只要接觸到寒氣或撞到物體，疼痛就會瞬間襲來，因此這對伊琪來說也是種防護罩。

「奇怪，怎樣就是不批准耶，人家是不是一看就知道是助理做的？」

朴代表一臉厭煩地盯著袖套，語帶煩躁地說道。這話是說給伊琪聽的。

「我是按照組長的指示做的。」

助理用微弱如螞蟻的音量回答朴代表。

「金組長，妳也說點話啊，幽靈究竟什麼時候才會離開妳的右手臂？」

伊琪什麼也答不上來。朴代表最近替這家微型修圖公司多僱用了兩名助理，心情已經夠不爽的了，再加上修圖作業未經伊琪之手，客戶遲遲不肯批准的次數也越來越多。

「要是我是左撇子就好了。」

「妳現在說的是什麼話？知道兩名助理的薪水燒掉我多少錢嗎？」

朴代表很露骨地提起錢的話題，兩名助理互使眼色，很識相地說要去抽根菸，離開了座位。現在就只剩伊琪和朴代表了。

「伊琪，我能忍的都忍下了。」

「學長，再給我一點時間。」

朴代表是伊琪念攝影系時的學長，兩人獨處時就會拋下職稱，直接以學長稱呼。

「學長，這又不是憑我的意志就能辦到的。」

「說難聽點，付給妳的薪水都能僱用六個助理了。我們公司的狀況很糟，是碰上了危機！」

「學長，您現在是要我捲鋪蓋走人嗎？」

「對。」

兩人之間一陣靜默。

「您怎能這樣對我？」

身處冷酷無情的攝影界，伊琪之所以能以三十八歲老手的資歷存活下來，靠的就是「速度」。專業攝影師拍攝的照片向來都與「資方」的要求相歧，無論客戶向攝影師解釋攝影概念、模特兒姿勢與商品氛圍多少次，最終成果仍難以與要求事項百分百一致，不過，伊琪倒是把居中的角色扮演得很出色。

聽完時尚雜誌編輯的概念後再用 PhotoShop 修圖，這項作業與一般人所說的「P圖」不同。雜誌或廣告專業的修圖作業，不僅要把模特兒或事物修得自然，而且不能有損該照片的「本質」。成果既要維持攝影師捕捉拍攝對象核心的美感，同時也要令客戶滿意才行。伊琪就具備了迅速掌握概念、解讀色彩，短短幾秒內就能修好一張圖的速度。

可是，那優秀的「右手」卻從伊琪身上消失了。

「妳是員工，我有權裁掉妳。」

「學長，要是我走人，您會後悔的。」

「什麼？」

面對意料之外的反擊，朴代表一臉不可置信。

「我嗎？」

「是的，朴代表您。」

「為什麼我要後悔？」

「因為我等於學長的手，因為能夠真正達到客戶要求的是我的右手。您似乎是覺得那些助理已經充分上手了，但很抱歉，沒有我，學長是不行的。」

八年前，伊琪接到一通來自朴代表的電話。他說自己要開一家修圖公司，雖然一切必須從頭開始，但未來收益無可限量，他以這樣的說詞來誘惑伊琪。這家公司負責的業務，是在攝影師拍下要刊登在時尚雜誌或廣告上的作品後，替他們重新修圖。朴代表還說了，雖然草創期要拉客戶會比較辛苦，但只要一切上了軌道，薪水就會調升，也會給伊琪股份。伊琪就這樣來到位於狎鷗亭洞附近的隱僻公寓地下一樓，在二手 IKEA 沙發與書桌、兩台 iMac 的環繞下，成了月領六十萬元[1]的助手。

隨著客戶增加、業務量也變多，伊琪的職稱從代理變成了組長。升上組長後，伊琪仍夜以繼日在地下室替照片修圖。儘管身邊的人都勸沒有顯赫資歷、唯有年紀徒增的伊琪自立門戶，伊琪卻不敢輕舉妄動。即便偶有客戶來訪，朴代表也不會介紹伊琪，這等於是在塑造朴代表的手是隻魔法之手的形象。只要經過他的巧手，就能以自然的修圖技巧使照片脫胎換骨，搖身變成廣告主和雜誌社編輯台想要的照片。只不過他們並不知道，真正辦到這件事的人是伊琪。

朴代表慌了手腳，他沒想到伊琪明確知道自己是在幕後代他操刀的幽靈打手。伊琪再次撂下狠話。

「我要是走人，學長您就會完蛋。」

「既然妳這麼有本事，怎麼不乾脆出去創業？反正公司交出亂七八糟的成品，被罵的也是

1 書中出現的幣值皆為韓圜。

我。妳就是因為不想挨罵，所以才躲在後頭，因為妳每一次都這樣！還有，妳已經故障了。」

朴代表彷彿在宣判似的說，金伊琪，妳在這行已經玩完了。

「不是我，是我的右手。」

「對我來說是同一件事。」

朴代表唸起事先和會計師結算的資遣費。

「妳在這裡總共工作了七年七個月。最初三年是向我學習怎麼做事的助理，之後三年是非正職，妳當正職員工的時間就只有一年七個月。我會按照資歷算資遣費給妳。」

強烈的疼痛感朝伊琪的右手臂襲來。雖然腦中閃過了「要趁現在申請職災保險嗎？」的想法，但伊琪打消念頭，收拾了個人物品。只是光靠左手收拾物品，想快也快不了。後來她的視線落在只有巴掌般的魚缸上頭。一條僅有小拇指大小的熱帶魚翻肚漂浮在水面上，是什麼時候死的也沒人知道。自從伊琪生病，她就拜託助理們幫忙照料，可是誰也沒餵魚吃飯。小小的魚缸內，死亡來來去去，就連伊琪也不明白，自己為什麼要認真工作到這種地步，明明自己連隻小拇指般的熱帶魚都負責不了。

伊琪不再收拾物品，只要全丟下走人就行了。伊琪朝朴代表恭敬地鞠了個躬，接著就轉身走開。以最後一次下班來說，算是很簡潔有力的道別。

幽靈附著在右手臂上的時間點，要追溯至九個月前。伊琪會在加班時抽空帶洛球去散步。洛球是朴代表的小狗，那天，洛球在島山公園轉來轉去，在巷弄裡拉了屎，而就在伊琪彎腰清理的那一刻，一輛非法計程車快速地擦過伊琪的右手臂。伊琪被車一撞，就這麼朝狗屎的方向摔去，瞬間人群湧了上來。即便是在那一刻，伊琪也死命拉著狗鍊。行人紛紛圍攏，避免非法計程車肇事逃逸，接著叫了救護車。雖然伊琪一方面心想「截稿日迫在眉睫，這下慘了」，但另一方面又不禁萌生終於能喘口氣的期待感。伊琪已經整整一個禮拜連一小時都沒法闔眼了。車主走了過來，從上方俯視伊琪，對她說：

「小姐，妳的胸口沾到狗屎了。」

沒人替伊琪清掉胸口沾上的狗屎。雖然不到暈厥過去的程度，但伊琪覺得太丟人了，於是閉上了眼。就在她打算用右手清掉狗屎的那一刻，一股鋪天蓋地的痛楚朝她襲來，這是她至今未曾體驗過的疼痛類型。

救護車抵達了，車主說明了保險處理相關事宜，接下來的事三兩下就解決了。她抵達醫院後拍了X光，令人吃驚的是，原本痛得完全無法移動，因此預估可能骨折的右手臂，骨頭竟然沒有半點裂痕，只說是輕微的擦傷而已。伊琪感到不可置信，車主倒是因此鬆了口氣。

「我明明覺得很痛。」

伊琪盡力描繪自己的疼痛感，她說彷彿手臂上有火焰在燒、感覺有人同時插入了數百根針等等，回想起這輩子經歷的所有痛苦，但保險公司卻判斷伊琪是誇大其辭，不斷說服伊琪只要申請物理治療的保險給付，後來車主打來了電話。

「這不過就是擦傷，就別拖泥帶水了吧。我真的活得很辛苦。有誰會想在江南開非法計程車？妳從我身上撈不到東西的。」

太讓人鬱悶了。整形外科醫生判斷，可能是肌肉受到衝擊所發生的短暫現象。伊琪甚至另外多付錢，帶著X光複本去每家醫院對照，但每次結果都相同，如今伊琪眼前就只剩物理治療這個選項了。只是右手臂和右手，即便只是接觸到紫外線治療儀器的紅光也會痛。伊琪抱著抓住最後一根稻草的心情去打聽針灸、拔罐，甚至是治療按摩，但她什麼治療都不能做，因為感覺就像有數百隻銜著刀片的蟲子從右手末端爬上右手臂，甚至在肩膀上爬來爬去。從那時開始，伊琪無法握滑鼠，也無法拿觸控筆。

要是就這樣下去，飯碗也會不保。伊琪跑遍了大大小小知名的醫院，大部分薪水都已因醫療費耗光，她也很努力想找到原因，但每次得到的回答都是「從圖表上看來無任何異常」。剛開始醫師診斷是交通事故造成的後遺症，但後來又宣告了「複雜性局部疼痛症候群」這個病名。這起初伊琪還為終於有了病「名」而感到安心，但也不是知道病名就能知道原因和診斷方法。這種病（或叫做症候群）在醫學界沒有明確的診斷標準，而且醫生們也都口徑一致地表示，在醫學界沒有發表明確的治療案例。偶爾會有像伊琪一樣經歷輕微交通事故卻表示感到劇烈疼痛的患者，但就連醫生他們也是心有餘而力不足，因為不管照了多少次X光，也看不到任何東西。

這也表示荷爾蒙和神經傳達細胞會記住某種痛苦，以致後來雖然身體沒有任何異常，但就算只是暴露在微小的刺激中也會感到疼痛。這是指體內的細胞記住了已經過去的傷痛嗎？伊琪感到混亂不已。但即便如此，她也沒辦法進行精神科諮商，因為這明擺了不是大腦的問題，而是右手臂的問題。那麼伊琪該何去何從呢？她能做的，就只有拿著處方箋去藥局領藥罷了。

在藥局領藥的次數從一星期兩次增加到三次、四次，最後演變成必須每日領藥。為了拿到比處方箋上的止痛藥更多的劑量，伊琪甚至開始每次拜託藥師，但藥師表示無法給她超過處方箋的止痛藥。

「要是擅自增加藥劑就會開始掉髮，也會破壞免疫系統的，之後就會變得非常危險。」

「我想剪指甲，所以就閉上眼睛，心一橫剪了右手的大拇指指甲。不過就是剪幾毫米，可是卻一整天都像被菜刀尖刃劃過，這叫我怎能不增加止痛藥的劑量？」

「聽說有患者自行增加藥劑，最後自殺了。」

藥師不帶感情地回答。

「只是增加藥劑，為什麼會自殺？假如是疼痛感加劇才自殺，比較說得過去吧。」

藥師警告，止痛藥的副作用不只是身體，也會影響到精神層面。憂鬱症或恐慌症，嚴重時可能會伴隨幻覺和幻聽。藥師添加營養劑，連同止痛藥一起給了伊琪，並再度重申說不能再多給。

但對伊琪來說，不足的止痛藥劑量沒辦法用營養劑來填補，既然能去的醫院都去過了，因此她將希望放在韓醫院上頭。平時東方醫學走的是各說各話那套，所以讓人無法信賴，但在西醫已經明確表示「我們不太了解妳的疾病」的時候，伊琪別無選擇。就這樣，她展開了全國韓醫院探訪之旅。

基本上那些韓醫師主張身體失衡的觀點是相同的，但說到診斷，卻是眾說紛紜，意見分歧。其中有加平名醫之稱的趙醫師，診斷出最奇妙的結論。他從診斷開始就很故弄玄虛。他把針插在伊琪的右手臂和右手上頭，接著要她形容自己的感覺。

彷彿有一場刺寒冬雨竄入了毛細孔，彷彿在接受一場用鐵針扎的嚴刑拷問，感覺滾燙的鐵針在皮膚上炙烤。伊琪盡力描述自己感受到的痛苦，最後趙醫師說，問題出在「肝」。

「但我是右手臂在痛耶。」

「我們的身體需要陰陽調和，但您嚴重失衡了。」

這已經是第三十五間韓醫院了，關於陰陽調和，該聽的全聽過了。伊琪想盡快進入主題，聽聽關於肝是怎麼一回事。

「也就是說，我的肝有什麼問題嗎？」

「看起來原因在於肝火沒有冷卻。因為肝火沒有冷卻，就會不斷影響心情，也就失去了平常心。」

「那我應該吃點護肝藥嗎？」

「要是靠護肝藥就能解決，您就不會來到這了吧？」

趙醫師說會開柴胡抑肝湯[2]當作處方，裡頭摻有名叫「柴胡」的寒性藥材，有助於冷卻肝火，但伊琪依然無法理解為什麼右手臂會與肝扯上關係，還有為什麼肝會上火。

「不過為什麼我的肝會上火？」

「這個藥的別名是獨守湯。」

「獨手湯？呃，該不會有隻手在裡頭？」

「不，是獨守空閨的獨守，是朝鮮時代的寡婦所服用的藥。」

「也就是說因為無法抒解性慾，所以肝才上火？」

伊琪一方面感到荒謬，但又覺得頗有道理，她最後一次談戀愛是在七年前，這表示性生活也跟著停擺多年。說來奇怪，伊琪很難跟男人談戀愛，但這也不是說她有其他性取向。伊琪位

2 含有柴胡、青皮、紅芍藥、牡丹皮、地骨皮、香附子等成分。

於灰色地帶的某處，就算不刻意去探問自己是誰、為什麼要談場戀愛這麼難，日子也照樣能過。因此，事到如今要為了讓肝火冷卻，隨便在路上抓個男人墜入愛河，伊琪不僅沒有勇氣、沒有技巧，更沒有欲望。但即便是小小的希望之繩，她也非緊緊抓住不可，說不定這樣就能消除肝火。

「所以您的意思是，只要肝火冷卻，免疫系統就會好轉，右手臂的疼痛感也就可能會消失吧？」

伊琪急切地反問。

「就是這樣。」

趙醫師以確信的口吻答道。伊琪深信這藥就是仙丹靈藥，因此足足付了兩百九十萬元領了韓方，出來後叫了 Kakao 計程車[3]。

從京畿道加平到首爾麻浦要一小時五十六分，預估金額顯示十一萬六千兩百五十元。發生意外後，藥費和看診費固然可觀，但交通費也不容小覷。因為右手臂的疼痛，伊琪無法自行開車，也無法搭乘可能會與人撞上的大眾交通工具，唯一的選項就只有計程車。每走一步，錢就嘩啦嘩啦地流到地上。

3 韓國最普及的通訊軟體 Kakao 公司旗下的叫車 App。

接受治療的同時，伊琪開始注意到先前沒有看見的人，像是身障人士、破產之人。要是知道自己有一天也會落得這步田地，當初就不會那樣淡漠地走過他們身旁。特別是破產的人都很容易會覺得是自己管理不善，但伊琪意識到，要是人生反過來咬人一口，任何人都可能落得相同下場。但如今明白這點，也無法停止現實快速走向最糟的境地。

雖然誠心盡力地熬了韓藥，但別說是肝火冷卻，疼痛感反而更劇烈了。更加難以忍著不用止痛藥，而且也睡不了覺。連續十天無法成眠，伊琪只好求助於精神科，拿到了醫師開的安眠藥處方。然而，已經四分五裂的睡眠世界並沒有輕易恢復原狀，醒著的時間變長，也意味著必須承受疼痛的時間也變長了。如今安眠藥的劑量逐漸增加，伊琪也持續處於淺眠狀態。

伊琪醒著時，會在網路上拚命搜尋罹患複雜性局部疼痛症候群的人，他們過得怎麼樣呢？會不會有人找到治療方法呢？哪怕只有一人……伊琪抱著這種希望，笨拙地以左手點擊滑鼠，最後找到了名叫「複雜性局部疼痛症候群治療聚會」的 Naver[4] 網路社團，總人數大約三百多名。得知這塊土地上為這疾病所苦的人或其親友，最少有三百多人，就給伊琪帶來了莫大的安慰。這個社團會定期舉辦聚會，伊琪心想說不定成員會互相交流網路上沒有的情報，因此決定親自去一趟。

4　韓國最大入口網站。

她正好看到有個免費參加的頌缽治療聚會，地點卻很叫人訝異，是在「首爾南山韓屋村後門涼亭」，伊琪留言表示自己要參加。

2

伊琪抵達韓屋村的涼亭時，看到從十多歲到五十多歲各種年齡層的人，圍成一圈坐著，在他們面前擺了大小不一的頌缽。

其中有個戴著凱蒂貓布偶頭套、身穿校服的女生格外引人側目。伊琪一出現，大家不約而同地將目光集中在她身上。

「今天有第一次來的成員呢。」

身穿麻布衣的四十多歲男子露出溫和的微笑說道。伊琪恭敬地鞠了個躬，走上涼亭坐下。

「請您自我介紹一下。」

「我叫做金伊琪，複雜性局部疼痛症候群是從九個月前發病的。」

伊琪許久沒有與人群交談，所以感到很尷尬，但大家都以能充分理解的表情望著伊琪。

「因為我沒有頌缽，今天打算先旁觀一下就好。」

「好的，沒問題。」

「要怎麼進行呢？」

「是以頌缽發出的波動來治療。那麼，我們就直接開始吧。」

主持人話音剛落，大家一致盤腿而坐，接著用木棒敲打放在各自面前的頌缽。嗡——銅缽發出了特有的清脆聲。接著，大家開始將頌缽放在自己疼痛的部位上頭，有些人是腳底板，有些人是大腿，有些人是臀部……凱蒂貓則是將巨大的頌缽湊近自己戴著玩偶頭套的臉頰旁。

同樣是複雜性局部疼痛症候群，但每個人的疼痛部位都不同，這點對伊琪來說很是陌生，總覺得每個部位都有它的故事。等到約莫進行一小時的聚會結束，伊琪最先起身，離開了涼亭。

夏夜的韓屋村處處懸掛起燈籠，蟬鳴唧唧。伊琪從出口出來，叼了根菸，移到了角落，這時凱蒂貓向她搭話。

「您下次也會來嗎？」

伊琪露出還不知道的表情。

「感覺很像旁門左道吧？」

「沒有，也不是，就那樣吧。」

伊琪隨便搪塞過去，轉移了話題。

「妳是學生嗎？」

「我在明洞打工發傳單。」

「怎麼會跑去那？」

「我被圍毆了。」

「什麼？」

凱蒂貓就讀國中時被一群不良少年盯上，他們卻集中攻擊她的臉。雖然醫院說沒有任何問題，但之後只要觸摸臉就會感到疼痛。凱蒂貓說布偶頭套對自己來說，是猶如守護神般的防護罩，就像伊琪戴在右手臂上頭的袖套。

「只要戴上這個就還能搭公車。」

在伊琪看來，布偶頭套是個足以卡在公車門上頭的大小。總之她很羨慕，對於已經九個月沒辦法搭公車或地鐵的伊琪來說，只要能搭車，她覺得一定感覺很像在搭乘觀光列車。

「其實呢，頌缽沒什麼效果，什麼聲音啦、波動啦，都是狗屁。」

「那同學妳……不，凱蒂妳為什麼要來？」

「後頭的聚餐才是重點。罹患這種病的人只要聚在一起，一些有的沒的情報都聽得到，畢竟靠網路情報還是有限。」

「沒錯，像是熬煮智異山般若峰[5]的苔癬後食用能改善之類的。」

5 智異山為韓國第二高山，海拔一九一五公尺，般若峰的日落為智異山十景之一。

「啊，我也吃了那個！味道超臭。」

「其實……我也是姑且一試。」

兩人對就連這種東西都吃過的彼此產生了同志情誼。

「最近聽到了一個很不錯的情報。」

雖然伊琪早已厭倦了假情報，但仍忍不住豎直了耳朵。

「是什麼？」

「安克拉治大學研究團隊論文中有治療案例。」

伊琪並不想抱持無謂的希望，但她仍調整呼吸，冷靜地逐一確認情報。

「治療？那是痊癒了嗎？複雜性局部疼痛症候群？」

「對，是在安克拉治進行治療，令人吃驚的是，是在韓國人開設的韓醫院。」

「安克拉治在哪裡？」

「阿拉斯加的首都不是安克拉治嗎？」

「阿拉斯加有首都？阿拉斯加不是在美國嗎？」

「啊！阿拉斯加是在北極吧？」

凱蒂貓用一種搞不懂南北極、似懂非懂的語氣說話。

「是啊，不過真的是在那個阿拉斯加嗎？」

「對。」

韓醫院可能會以各種形式開在世界各地，但聽到就連阿拉斯加都有，伊琪非常詫異。

「韓國人在阿拉斯加經營韓醫院？」

「對啊，就說了嘛，那裡有人被治好了。」

伊琪也查閱過不少篇論文，但關於阿拉斯加韓醫院的事卻是前所未聞。不對，可能是因為想像不到就連阿拉斯加也在研究複雜性局部疼痛症候群，所以自然就漏掉這部分。

「萬一……萬一那是真的，我也沒辦法去，因為溫度也會對疼痛造成影響，天氣一冷馬上就會有反應。」

「我們都這樣啊，無論怎樣，症狀都會發作。」

凱蒂貓的言談之中透露出長期痛苦造成的沉重感。伊琪的腦海中開始描繪阿拉斯加的樣貌，但就只想起冰河、暴風雪、北極熊和愛斯基摩人這些。還有，她很好奇，倘若去了阿拉斯加，真的就能讓肝火冷卻嗎？

伊琪一回到家就一屁股坐在電腦前，她連上國際論文網，用左手在阿拉斯加安克拉治大學論文之間，搜尋關於複雜性局部疼痛症候群的論文。接著，她看到了寫有「複雜性局部疼痛症候群之醫學界展望」的標題，以及「安克拉治醫學大學研究團隊」的作者名。這篇論文發表於二〇二〇年，是相對比較新的發表研究資料。

伊琪付費使用翻譯工具，仔細地查看起內容。就連高三唸英文時都沒這麼認真，但現在不只韓國論文，就連外國論文也都翻遍了，所以閱讀能力也跟著大幅提升。儘管如此，閱讀速度也沒有變快，但反正也睡不著，所以拿來忍受只剩疼痛感的空白時間正好。

伊琪一路在單字與單字之間追著跑，不知道過了多久，她的眼神轉成了詫異。她費盡千辛萬苦尋找的內容就在上頭，化為幾個句子。

Patient A of the Alaska oriental medical clinic said he was cured in a way that had never been reported to the medical society. This method is not covered in this paper because it is an area where the evidence of modern medicine cannot be found.

阿拉斯加韓醫院的患者Ａ，透過醫學會未曾發表過的方法痊癒了。此治療方式無法從現代醫學找到根據，因此本論文不多加討論。

伊琪的目光停在了「痊癒」上頭，接著她揉了揉眼睛。痊癒？上頭真的寫了痊癒兩個字。翻譯也可能出錯，所以她又使用了好幾個版本的英韓翻譯工具，但結論都相同，她並沒有理解錯誤。伊琪的心臟跳得極快，內心抱著說不定真能摘除附著在右手臂上的幽靈、重新找回生活的期待感。

伊琪一刻也沒有耽誤，立即在google搜尋欄位上打上「阿拉斯加韓醫院」。google地圖上顯示了位置、地址及電話，可是有哪裡不太對勁——位置不是在安克拉治，而是在荷馬。安克拉治沒有叫做阿拉斯加韓醫院的地方。伊琪害怕自己會期待落空。論文中提到的韓醫院位於安克拉治，這兩者指的會是同一個地方嗎？能確定的方法就只有親自打一通電話了。

她按了阿拉斯加區號907，接著按下google上頭顯示的完整電話號碼後，另一頭傳來信號音。就在感覺一切都好不真實的那一刻，信號音停了。

「哈、囉？」

伊琪說完結結巴巴的「哈囉」後，另一頭傳來以字正腔圓的韓語回答的男聲。

「喂？」

「請問……是阿拉斯加韓醫院嗎？」

伊琪好不容易說出話後，整個人就像失了魂似的，不敢相信話筒另一端的人此時在阿拉斯加。

「是的，沒錯。」

「您現在說的是韓語吧？」

伊琪忍不住懷疑對方是不是使用電話翻譯服務。

「是的，是韓語，是我在說話。」

伊琪莫名感到安心。

「那裡是幾點呢？」

「凌晨兩點二十分。」

撥打電話的伊琪更慌張了。

「不是啊，您為什麼……要接電話？」

「我也沒辦法，因為韓醫院的電話和住家是連在一起的。」

「很抱歉，我馬上掛斷。」

「您要預約嗎？」

「什麼？」

「既然您打電話到韓醫院，不就是為了預約診療嗎？」

這話是沒錯，但那裡可是阿拉斯加。

「呃，可是我人在韓國。」

「我知道，因為上頭顯示國碼82。」

「可是要怎麼預約呢？」

「您要預約聲音診療嗎？」

「嗯？那是什麼？」

「就像名稱說的，我會聽您的聲音做出診斷。」

伊琪跑遍韓醫院，聽過各種千奇百怪的藥物和診斷，但這種事還是頭一遭聽說。

「在這之前，雖然很抱歉這麼晚打擾您，但我想問點事。」

伊琪遲遲沒辦法進入正題，一再拐彎抹角。

「請說。」

「原本位於安克拉治的阿拉斯加韓醫院怎麼了嗎？」

「雖然不曉得您為什麼好奇這件事，但那是因為我從安克拉治搬到了荷馬的緣故。」

伊琪感覺這裡確實就是論文中說的韓醫院，所以放下心來。

「我要預約聲音診療。」

「您的大名是？」

「金伊琪。」

「好的，已經替您預約。」

「謝謝。」

「那麼您能在韓國時間凌晨兩點打電話過來嗎？因為這裡和那裡的時間不好搭上。」

「好的，我配合您。」

「好，那之後電話上見。」

伊琪掛掉電話後，讀了幾則google跑出來的阿拉斯加韓醫院評論，全部都是英文寫成的，大致上都是寫「高譚醫師人真好」，似乎是在荷馬這個地區頗受好評的醫師。

高譚，感覺就像蝙蝠俠所居住的那個高譚市；彷彿會有小丑潛伏，幽暗、霧氣瀰漫的城市。搜尋漢字「古淡」[6]後，出現了令人費解的意思。

不庸俗的、具有雅趣的。

「雅趣」，意指「高雅的情趣」。再次搜尋「高雅」，則出現了「古色古香、高尚雅致」。從高譚市到雅致，伊琪不斷追尋他的名字，並且慢慢地有種被捲入迷宮的感覺。但不管名字怎樣，總之伊琪迫切地盼望，這個叫做高譚的韓醫能摘除附在自己身上的幽靈。

6　原文為고담，發音相同的其中一組漢字為「古淡」。

3

隔天，伊琪走入了筆洞麵屋對面掛有「社團法人頌缽」招牌的建築物。那個地方正在進行頌缽聚會，就像上次一樣，大家用木棒敲打頌缽後，將能感受到回音的地方放在疼痛的部位上頭。伊琪靜靜地盤腿坐下，聆聽頌缽的回音。

這時，在附近的凱蒂貓指著自己面前的頌缽。伊琪把右手臂靠近頌缽，感受到細微的振動。儘管主持人說能感受到與聆聽時不同的振動，伊琪卻感覺不出其中的差異。聚會結束後，伊琪說：

「我打了電話去阿拉斯加韓醫院。」

這裡的人似乎都知道那個地方，但不知為何，大家的臉上都沒有任何期待感，就只有凱蒂貓對此感興趣。

「我用電話預約了今天晚上。」

伊琪再次加重語氣。

「那位韓醫說了什麼？」

主持人以冰冷的語氣反問。

「還不知道，倒是確認論文所言不假。」

大家互使眼色，彷彿有人得先開口似的。最後主持人再度開口：

「我們也試過了。那篇論文當然也看了。金伊琪小姐，我們該試的都試過了，包括一些有的沒的，難道我們會坐以待斃嗎？」

「所以呢？」

「那位韓醫，也就是那位在阿拉斯加的韓醫……」

主持人的話再度中斷，臉上的表情是曾經帶著真心賭上希望、卻慘遭挫敗的人會有的。

「他說，自己從來沒有醫過那種病。」

「可是為什麼寫了那樣的論文？為什麼？」

伊琪像是在抗辯般說道。

「誰知道，但醫師本人都說沒醫過了，我們還能怎麼辦？」

「阿拉斯加韓醫院就只有一間，安克拉治研究團隊分明在論文中說，複雜性局部疼痛症候群被『Cure』了！『Cure』不就是治癒的意思嗎？」

伊琪感覺到自己情緒很激動。

「我們聽到他的回答後，反應也跟您一樣，所以……我很清楚您來這裡的失望感，今天聚會就到此結束。」

主持人倉促結束聚會，成員接二連三地起身。

凱蒂貓拉住了走到外頭的伊琪。

「對、對不起，我只聽說論文的事，但不知道詳細內容。」

凱蒂貓似乎真心感到抱歉，只見大型玩偶頭套連連點頭鞠躬。

「沒關係、沒關係。」

伊琪搖了搖左手，說話的聲音都在顫抖。她可以感覺右手指尖有了疼痛前兆，就像用美工刀在切指甲。

「我得走了。」

伊琪慌慌張張地走入忠武路站，凱蒂貓則是站在原地凝望許久，直到伊琪的背影消失不見。

伊琪回到家後，抓了一把止痛藥和安眠藥同時吞下。平時雖然會數清楚數量，這次她卻想都沒想就吞了下去。伊琪希望能就這麼昏厥睡死。就算永遠沒有醒來，只要不再疼痛，似乎也不要緊。至少她希望能不要被痛醒，但可能是止痛藥和安眠藥的比例沒調好，伊琪一直長時間處於清醒狀態。她的腦袋很清醒，只剩疼痛感不知何時會襲來的恐懼逐漸擴大。然後，預約時間到了。

伊琪猶豫該不該撥出電話，但最後還是按下了號碼。與其說是期待，不如說她只是想和某人說說話，彷彿唯有如此，才能減緩心中的恐懼。話筒傳出一連串信號音，然後停了。

「您好，這裡是阿拉斯加韓醫院。」

另一頭傳來高譚鄭重的嗓音。

「您好。」

伊琪有氣無力地回答。

「要直接開始嗎？」

「好的。」

「您哪裡不舒服呢？」

伊琪說出那個已說出數千、數萬次的病名。如今，那個病名似乎成了伊琪的名牌。

「是複雜性局部疼痛症候群，症狀從右手臂延伸到右手。」

「那是西醫的診斷名稱，韓醫並不存在複雜性局部疼痛症候群這樣的病名。」

「嗯，總之醫院就是這樣說的，那就應該是吧。」

「是的，那就這麼稱呼吧。現在請您隨便唸點什麼。」

「什麼？」

「看到什麼就唸出來。」

伊琪真的隨便抓了東西，是止痛藥的清單。

「真的要唸嗎？乙醯胺酚、萘普生、布洛芬、阿斯匹靈、鎮定劑。」

「就到這邊。」

另一頭傳來用鉛筆在紙上沙沙書寫的聲音。稍後，高譚說了：

「原來您抽菸啊，咽喉卡痰的聲音很嚴重呢。」

「是嗎？原來如此。」

「整體上沒什麼力氣，應該說是氣很虛嗎？您有慢性失眠吧？」

「對。」

「您認為自己的聲音跟之前有什麼差別嗎？」

「跟生病前？」

「是的。」

「變得比較小聲？」

「還有呢？」

「不確定耶。」

「不覺得變混濁了嗎？」

「不知道耶。」

「請您將聲音錄下來後聽聽看。」

雖然很想問為什麼要這樣做，但伊琪還是沒問出口，她想問的另有其他。

「所以我的聲音是怎麼了嗎？」

「我的診斷是，要是您維持現狀，說不定會送命。」

高譚逐字清楚地說道。聽到在那遙遠的大陸上，素未謀面的陌生人說自己要是維持現狀，可能就會送命，伊琪的後腦杓不禁開始發麻。

「好，那麼，醫師您有治過複雜性局部疼痛症候群嗎？」

伊琪單刀直入地問了。

「啊，又是那個問題啊。」

這個「又」，大概是在說所有看到安克拉治的論文後和他聯繫的人吧。不只韓國，還包含了各個國家。

「我甚至在非洲時也曾接過那樣的電話。」

高譚淡淡地說道。

「是的，我也想知道那個。」

伊琪再次加重語氣，而她也得到了相對應的明確回答。

「沒有。」

伊琪開始想要反駁。

「可是為什麼論文會那樣寫呢？」

「啊，那是……」

其中似乎有什麼隱情。話筒那頭是一陣尷尬的沉默。大概其他人沒問到這麼細吧，大家想必都是大失所望地立即就轉身離開了。

「硬要說的話，我並沒有進行治療，應該說是有名患者說自己接受了治療，是那名患者擅自在學術期刊留下了那樣的紀錄，我自己的立場也很尷尬。要是讓您產生期待，我深感抱歉。」

伊琪可以感覺到高譚是由衷感到抱歉，他似乎很懂得患者的期待代表什麼。

「那麼是那位患者說了謊嗎？」

「我並沒有主動治療，只是共同參與了那個過程。」

伊琪手持話筒，露出困惑的表情。

「是共同參與了過程，但沒有進行治療？」

「是的。」

「您會不會講得太籠統了？」

「我能說的就只有這些了。」

但伊琪無法放棄或許會藏在這微妙的字裡行間的一絲希望。

「好，醫師，那麼也就是說，那位患者的病好了對吧？」

「是的，沒錯。」

「那我想跟那位患者，不對，是已經痊癒的那個人聊聊。不管要多少酬勞我都願意支付。」

伊琪提出要求後，卻開始擔心起自己的英文能力。

「那個人是韓國人嗎？」

「不是。」

「住在阿拉斯加嗎？」

「是的。」

面對面說英文就夠難了，要怎麼和素昧平生的人對話？伊琪已經開始感到茫然。

「如果是用視訊呢？用 Zoom 或 Skype 之類的？」

「我很想幫忙，但這似乎有點難度。」

「為什麼呢？」

「嗯，自然是因為那位朋友不喜歡說話，而且他通常也不在市區。」

「不在市區的話，那是在鄉下嗎？阿拉斯加的鄉下是指……」

「是在誘捕線另一頭，在那裡不僅手機沒訊號，就連無線電也收不太到。」

「為什麼在那種地方？」

伊琪很訝異地反問。

「在阿拉斯加，那種地方占地更廣。」

「是美國人嗎？」

「是阿拉斯加的原住民。」

阿拉斯加的原住民，指的是愛斯基摩人嗎？伊琪對醫師的患者之廣感到驚訝。

「是愛斯基摩人嗎？」

「是的，沒錯，如果按他們當地的說法，應該叫做因紐特人。」

「因紐特人……好的，那要怎麼樣才能見到那個人呢？」

「他想來的時候就會來。」

「也就是說，他平常會待在冰屋之類的地方，有需要才到韓醫院吧。」

「那朋友每年會定期吃韓藥，所以會過來。」

「什麼時候會來？」

「這就不確定了，畢竟他不是會按表操課的人，所以我也不好說。啊，不小心講太長了，諮商到此結束。」

伊琪感到惋惜，她的心中還有未解開的疑惑，但也沒辦法強留對方。

「您有用卡銀嗎？還是用電匯？我是說諮商費。」

「從韓國打來的電話諮商不收費，不過卡銀是什麼？」

「Kakao Bank。」

「銀行的名字真神奇。」

「是 KaTalk[7] 銀行。」

「KaTalk？原來有這種東西。」

高譚似乎對韓國的現況一無所知。這男人是從什麼時候就在阿拉斯加的呢？伊琪驀然好奇起來。

「那就先這樣。」

電話掛斷後，伊琪對著戴在左手上的 Apple Watch 說出沒問高譚的問題。

「Siri，告訴我關於阿拉斯加的一切。」

這時 Siri 以人工智慧特有的機械式語調回答：

「阿拉斯加，起源於阿留申語的『Alaxsxa（uh-LUK-shuh）』，是海浪拍擊之地，也就是 The mainland，大陸的意思。」

---

7 韓國最普及的通訊軟體 KakaoTalk 之簡稱。

這是伊琪初次知道阿拉斯加這個單字有這樣的涵義。她試著發出這個阿留申語的陌生單字。

uh-LUK-shuh、uh-LUK-shuh、uh-LUK-shuh、uh-LUK-shuh、uh-LUK-shuh……

就像被白雪覆蓋的廣袤大地正在召喚某人的聲音。

「Siri，讓我看阿拉斯加荷馬的照片。」

手機畫面顯示了氤氳瀰漫的大海後方的雪山，以及停泊於附近形形色色的遊艇。」

「Siri，讓我看看阿拉斯加誘捕線的另一頭。」

畫面出現了一望無際的雪地。伊琪凝望著這張照片許久，仍無法想像自己會在不久後前往那個地方。

隔天，伊琪為了參加頌缽聚會，搭了計程車去筆洞[8]。她想把治療複雜性局部疼痛症候群的因紐特人的事情告訴凱蒂貓，可是卻沒在聚會上看見她，團體的氣氛也比平時要更低迷。

「凱蒂小姐沒來嗎？」

8 首爾中區的一個行政區，「洞」類似台灣行政區的「里」。

進入正題之前，伊琪率先問道，沒想到大家卻只是一再低頭又抬頭，既像是在嘆氣，又像抽動肩膀在啜泣。

「那位同學……死了。」

伊琪的內心還沒崩潰之前，倒是先慌了起來。

「什麼？」

「她從頂樓跳下去了。」

「怎麼可能？」

「您沒跟她交換電話號碼嗎？」

伊琪想起自己把凱蒂貓丟在路上，慌慌張張地走入了忠武路站。

「她母親把訃聞訊息傳給了大家。」

聚會主持人彷彿想盡快甩掉這件事似的，態度淡然地接著說：

「您也知道嘛，本來好好的，可是卻突然痛入骨髓，我們是什麼事都做得出來的。那孩子戴著頭套不只是為了防禦，她的臉上也有大面積的傷疤。」

伊琪一言不發地站起身，踉踉蹌蹌的，好不容易才穩住重心。她奪門而出，同時想著自己再也不來這個頌缽聚會了。

伊琪回家後，靠著鮪魚罐頭配速食米飯，用左手把米飯塞進了嘴巴。她狼吞虎嚥地咀嚼飯粒，淚水卻突然一下子湧上，但她仍竭力忍了下來。那淚水是對少女的哀悼，同時也是恐懼。伊琪真切地陷入了自己有朝一日也會做出那種選擇的恐懼感。伊琪覺得透不過氣，彷彿氧氣飽和度逐漸下降，於是抓了一把止痛藥服下，整個人就這麼在床上昏厥過去。

她睜開眼睛時，不知不覺已來到早晨。伊琪無法就這樣坐以待斃，因此走到了外頭。她坐在長椅上，打開手機，再次檢視安克拉治大學的論文。那裡分明寫著「痊癒」。儘管高譚說治好因紐特人的人並不是他，但那人卻痊癒了。伊琪很好奇這之間究竟發生了什麼事，論文說的是真是假，還有高譚說的話是對或錯。

那麼該怎麼做呢？方法意外的簡單，只要親自打通電話給安克拉治醫學大學研究團隊就行了。伊琪用 Apple Watch 確認了阿拉斯加的時間，那邊現在是白天，意味著現在正是打諮詢電話的最佳時間。只不過這件事不是靠單純的會話就能解決，還需要懂得使用醫學用語的英語能力；尤其電話英語就更是如此了。她身邊能夠幫忙口譯的人就只有一個。

伊琪叫了計程車，說出了熟悉的地址。街上可以看到匆忙趕去上班的人潮。最近這四天，伊琪沒有一刻能熟睡，她無法確定究竟是陽光在窗外搖曳，又或者是眼睛無法對焦。

計程車抵達的地方是狎鷗亭站的四號出口，伊琪下了計程車走在路上，這時有人向她搭話。

「金伊琪？」

她看見了朴代表，他提著印有小吃店名稱的黑色塑膠袋。

「學長。」

朴代表將伊琪的穿著打扮掃視了一遍，伊琪這才發現自己身上穿著睡衣，內心暗自喊了一聲：「糟糕」。

「妳沒事吧？」

伊琪支支吾吾，沒辦法一下子說出要拜託朴代表的事，這時朴代表瞄了一眼袋子說：

「我明明就一個人，真不知道為什麼要買兩人份，是養成習慣了嗎？」

對他來說，要毫不留情地趕走伊琪也不容易。對兩人的懷念瞬間流過心頭。八年前一起成立公司時，從油漆到家具配置，沒有一個地方沒經伊琪之手。三十歲的大半歲月都投注在這家公司上頭了。倘若真有靈魂這玩意，伊琪應該有幾塊靈魂碎片是黏在公司上頭的。

「吃點這個再走吧，畢竟是兩人份。」

朴代表嘟囔著，伊琪跟著他走進了公司。

辣炒年糕、血腸、炸物在桌面上一字排開，伊琪用左手拿起筷子。

「現在左手也用得很順嘛，會不會之後連修圖也能用左手了？」

「就算是這樣，也沒辦法做得像右手一樣吧？」

伊琪冷冰冰地回答，兩人之間頓時一陣靜默。

「妳沒有重拾相機嗎？」

朴代表轉移話題。

「攝影能賺錢嗎？再說了，現在每個人都能拿相機。」

「喂，妳辯解的台詞也太老套了，真沒創意。妳不是根本沒考術科，只靠入學考試的分數就進了攝影系嗎？能跟那些不會唸書，在術科上花費數千萬元才考進攝影系的人相提並論嗎？」

「是我選錯了，我也應該要有入學指導老師的，這樣我就不會做出那種選擇了。」

「少騙人，我看妳是就算老師勸阻也要進攝影系吧。妳對攝影是真心的，所以才進來的不是嗎？」

伊琪熱愛攝影，她想找到並拍下只有自己才能拍的題材——在當年是那樣的。

「學長您不是嗎？」

「我是功課太差，所以在術科上頭砸了數千萬元的傢伙啊。」

兩人尷尬地笑了笑。

「用左手不也可以按快門嗎？」

「學長，在這行重視的是表演，像是穿什麼衣服、開什麼車，我承受不起那些。」

「對，就是這個。」

朴代表的語氣就像在對伊琪說：「被我抓到了」。

「哪個？」

「還不懂嗎？」

兩人之間再度瀰漫一股緊張感。

「眼前擺著辣炒年糕，我們就別這樣吧。」

「妳都不肯走到前線，老是退一步躲在後面，站在遠處觀望。說難聽一點，不就是想當個局外人嗎？」

伊琪並不是想當局外人，只是沒有跳入世界跟別人對打的能量，她的內心彷彿破了個洞，能量嘩啦嘩啦持續往外漏。

「所以意思是我沒辦法自立門戶？」

「對。」

「學長您不是擔心我自立門戶，所以都不把我介紹給客戶嗎？」

「我確實是擔心妳會被其他公司挖角帶走，因為失去妳這麼有能力的人才，是我的損失，但我並不擔心妳自立門戶，妳又不會走到前線嘛。妳看起來就像那種如果走到世界面前，就有什麼會被拆穿的人。」

「我？我才沒有。」

「是啊，是沒有，可是感覺妳有。」

「為什麼？」

「該走到終點時，妳卻會突然停下來。總之，我會另外把妳的作品集存在硬碟，因為容量大，會花一點時間。」

就算伊琪奇蹟似的治癒了，要重返修圖界，這家公司也不會存活下來的。

「學長，資遣費給太多了，您跟會計師兩人怎麼把帳算成這樣。」

「對，我就是個黃牛老闆，這就是我。」

朴代表自嘲道，卻說得理直氣壯。

「我可沒有原諒您，但我希望您的公司能倒閉得慢一點。」

「有可能嗎？沒有妳耶？馬上就會倒閉吧。」

伊琪沒有回答，而是把辣炒年糕塞進嘴巴。她一邊大口大口咀嚼，一邊用深思的眼神掃視辦公室一圈，最後目光停留在與她的身軀一樣大的箱子上頭。

「喔，那個啊，我把妳沒帶走的物品另外裝起來了，我把包裹寄給妳。」

「學長，您覺得我去阿拉斯加會怎麼樣？」

朴代表一頭霧水地望著伊琪反問：

「妳要用現在這副德性去阿拉斯加？」

「聽說那裡有接受治療的患者。」

「在阿拉斯加的話，接受治療的人是美國人嗎？」

朴代表露出茫然的表情問道。

「不是，是因紐特人。」

伊琪說道。

「欸，這笑話很冷耶。」

朴代表認為伊琪是在說笑。

「是真的，有人目睹那患者的治療過程。」

伊琪加重語氣回答。

「那是誰？」

朴代表語帶懷疑地再次反問。

「就是，阿拉斯加韓醫院的韓醫。」

「不是幫患者治療，而是目睹治療過程，是在搞什麼玩意？」

「就是，那個……」

伊琪決定死也不說高譚聲稱自己沒有治療患者，重點在於，居住在阿拉斯加的某個因紐特人，接受了複雜性局部疼痛症候群的治療。

「我有事要拜託學長。」

伊琪拐彎抹角許久，終於進入正題。

「幫什麼？」

「能幫我口譯嗎？是電話英語，學長不是還去了英國留學嗎？」

「打去哪裡？」

「阿拉斯加。」

「妳該不會真的要問因紐特人？」

伊琪把論文最後面安克拉治醫學大學研究室的號碼拿給朴代表看。

「我想親自確認，有人在阿拉斯加韓醫院接受治療一事是不是真的。」

「原來妳是認真想抓住最後一根稻草啊。」

「不，我想最後一次確認自己該不該抓。」

朴代表拿起手機輸入號碼，接著以告解懺悔的口吻說：

「可是坦白說我的發音滿爛的。」

「我不在乎那些，只要對方聽得懂，學長您也聽得懂就好。」

「OK。」

朴代表按下號碼，稍後是一連串咬字清楚，就連伊琪也聽得懂的英語。因為聽起來就跟講韓語時一樣，所以伊琪反而很容易理解。雙方進行了十多分鐘的對話。伊琪一臉緊張，試圖想推測通話內容，等到掛斷電話，朴代表說了：

「根據對方所說，那個因紐特人確實表示自己接受了那位韓醫的治療。是叫高譚醫師？」

「確定嗎？」

「妳可以質疑我的英語發音，但我的聽力倒是可以放心。」

可是，為什麼高譚卻執意說自己沒有進行治療？伊琪持續在相同問題上打轉，她心想，想來想去自己都得去阿拉斯加一趟。

「學長，我走了。」

「回家？」

「嗯，還有去阿拉斯加。」

伊琪很篤定地說。

「好，但願妳能徹底摘除右手臂上的幽靈。」

打定主意要去之後，著手進行的速度可謂是一日千里。伊琪先預約了機票，就算再貴，她也只能選擇直飛。她沒有把握機艙內會發生什麼樣的事，所以選擇了從仁川機場到安克拉治、總共耗時七小時五十八分的大韓航空班機，刷了一千七百二十八萬零五百元。她點進 ESTA[9] USA 網站，申請了美國簽證。

伊琪從倉庫裡取出二十八吋行李箱後打開，她先從衣櫃中找到冬季的羽絨外套。雖說那裡已經接近夏季的尾聲，但畢竟還是阿拉斯加。伊琪帶上貼身及換洗衣物、再把還沒拆下標籤的登山鞋、登山服、冰爪等放了進去，那是之前幫戶外照片修圖後，廠商贈送的。岩釘、固定用繩索等高難度登山裝備，則是被排除在外；另外她也放了杯麵、體溫計和袖套。

接下來就是挑選要放入背包的物品。相機最先映入她的眼簾。雖然三十歲時她把收藏的相機都賣掉了，但十八歲時買的第一台相機 KIEV 35A 卻割捨不掉。這是一台使用 35mm 底片、固定鏡頭的輕巧型相機，若是打開正前方的鏡頭蓋，鏡頭就會自動往前。這台相機生產於七〇年代，如今已成了古董中的古董，但對伊琪來說意義非凡。伊琪至今仍記得在清溪川的二手市場發現這台僅有巴掌般大的相機時的興奮感，根據清溪川爺爺的說法，這台相機無論是小巧的尺寸或喀嚓的拍照聲都最小化，因此被冷戰時期的俄羅斯間諜拿來使用。

曾經，伊琪彷彿搖身變成一名無歸屬的間諜，內心充滿了天涯海角都能去、任何奇景都能

9 Electronic System for Travel Authorization，旅行授權電子系統。

盛裝於相機鏡頭的希望。伊琪將這個古董放進了背包，這時，簽證申請完成的訊息送達了。

就在出發前夕，從辦公室寄來的包裹也送達了。她打開一看，裡頭裝了過去在公司用的林林總總物品。google 計時器、鉛筆、保溫杯、拖鞋，其中還出現了一本書名為《時差幽靈》的童話書。這是發生汽車擦撞意外的前夕所購入的童話書。她會入手這本童話書，既是偶然，但又不全出於偶然，

要是沒有發生那天的意外，或許伊琪就會打電話到出版社，詢問童話作家的聯繫方式。伊琪很難得主動做什麼事，這也意味著她看到這本書時有多吃驚。說來奇怪，伊琪感覺這本童話書似乎在表示自己想去阿拉斯加，因此將童話書放入了背包。

伊琪抵達仁川機場後，將行李箱和背包託運，接著把 Apple Watch 調成阿拉斯加當地的時間。出於長途飛行可能造成疼痛的恐懼感，伊琪服下了比平常多五倍的止痛藥。她的身體慢慢地產生了抗藥性，導致藥效每況愈下，為了驅趕緊張感，伊琪來到抽菸室抽了根菸。

抽菸室內煙霧瀰漫，其中參雜了形形色色的人種。不知是止痛藥發揮藥效，又或者是抽菸帶來的影響，伊琪感到意識恍惚、頭暈腦脹。

「跟妳借個打火機。」

這時她忽然聽見了熟悉的聲音。伊琪轉過頭，看見眼前站了一名穿著校服的少女，那身校服看來十分眼熟。

「姊姊拿菸的姿勢很特別呢。」

聽到少女的話後，伊琪瞬間愣住了。

「妳認識我嗎？」

「最後還是打算去阿拉斯加呀？」

伊琪吃驚地反問：

「請問妳是誰？」

「不記得我的校服嗎？」

她定睛一瞧，少女身上的校服和凱蒂貓一模一樣。

「該不會……喂，妳不是死了嗎?!」

「我要去阿拉斯加，就順便開了點玩笑囉，沒想到姊姊也要去呢。」

伊琪雖然很無言，但高興得淚水在眼眶直打轉。凱蒂貓還活著！

「妳怎麼會說這種謊話，總之，謝謝妳活著。」

「哎呀！這麼肉麻。」

「妳搭哪家航空？」

「我是搭達美航空，在西雅圖轉機，姊姊呢？」

「我是直飛。」

「噢，有錢人！」

「我沒信心能忍受超過一天以上的轉機。」

「妳知道嗎？據說阿拉斯加機場的吸菸室是最棒的。」

「是嗎？妳的情報蒐集能力果然不同凡響。」

伊琪看著少女的臉，她白皙秀淨的皮膚猶如白玉，與聚會主持人說的滿臉傷疤大有出入。是他沒搞清楚狀況嗎？伊琪雖然很好奇，但並未將這件事放在心上，倒是對少女就連去阿拉斯加也穿著校服感到訝異。

「不覺得我的服裝很適合阿拉斯加嗎？」

少女問道，彷彿看穿了伊琪的心思。

「哦，雖然夏天進入了尾聲，但再怎麼說還是阿拉斯加啊。」

這時，大韓航空飛往安克拉治的搭機廣播通知響起，伊琪匆匆忙忙捻熄了菸蒂。

「欸！總之到時見！一路順風。」

伊琪離開吸菸室，在走向登機口的同時查看了時間表，但並沒有看到凱蒂貓所說的達美航空飛往西雅圖的班機，她在詫異之餘辦理了登機手續。

起飛後許久，伊琪依然無法入睡，於是拿出了《時差幽靈》。書中接連出現了多少有些怪異的圖畫：霧氣籠罩的泰晤士河、魔女、鯨魚、缺了單側手臂且衣衫襤褸的孩子，以及身穿黑色西裝、把紳士帽反著戴的幽靈。

伊琪緩緩地翻過一頁又一頁，醒目的字句也跟著從眼前閃過。

萬一你能轉向面對大海，那麼就會明白。

時差幽靈徹底錯過了孤兒。

你會自行走回我面前的。

到了最後一頁，上頭寫著這樣的句子。

如今時差幽靈又會跑去吃掉哪個孩子呢？

伊琪的目光在最後的句子上頭停駐許久。以童話的結局來說，最後沒有畫下句點，而是以問句作結，氛圍相當陰森詭異。伊琪感覺自己的心臟揪成一團，但自己倒也不是冀求幸福美滿或是悲傷欲絕的結局，只不過是盼望能有個讓人心服口服的結局罷了，但她能感覺到，作家至今仍被困在尋找「問題解答」的旅程中。

事實上伊琪知道這個童話故事。雖然無法準確知道是在何時，但推測應該是六歲以前的記憶。那個童話的標題也是《時差幽靈》，只不過無法確定是從誰的口中聽到那個童話，又或者是不是在書上看到的（但伊琪並非以前讀過這本童話書，因為它的初版是二〇二〇年發行的）。

對年幼的伊琪來說，這個童話要比任何故事都來得印象深刻。是因為它特有的令人發寒的感覺嗎？伊琪想知道書中沒有完整寫出的結局是什麼。若是能知道結局，自己或許就能擺脫每當回想起這個童話時的淒冷感。過去就算偶然向他人問起這個童話，也無人知道，但就在九個月前，伊琪發現了這本童話書，所以她很好奇，創作這童話的作家是何許人物。

她沉浸在這思緒中，右手臂的疼痛感突然加劇了。伊琪闔上童話書，把止痛藥給吞了下去。雖然已經服用了相當高的藥劑，但她無法克制自己。伊琪看了一下手錶，還得再撐上好幾個小時。

伊琪向空服員要了濃度高的烈酒，於是空服人員拿來一小瓶百加得蘭姆酒和氣泡水。伊琪取出兩顆左右的止痛藥放入口中，和洋酒一塊吞了下去，這時意識才開始朦朧起來，她安然地跌入了夢鄉。

她再度睜開眼睛時，微微的光線從遮光板的尾端溜了進來。伊琪打開遮光板一看，飛機正在往下降，雪山的稜線逐漸清晰。

4

伊琪雖然站在入境審查的隊伍中，此時置身於安克拉治機場，卻猶如在一場朦朧的夢裡，藥效似乎還沒完全消退。伊琪在腦中模擬起入境時與海關人員之間的對話。

——妳為什麼拜訪我們國家？

——我生了病，因為阿拉斯加有跟我相同的病患和名醫，所以就來了。

不能這樣回答。要是這麼說，就會得到這樣的提問：

——那種病有傳染性嗎？

最後伊琪想到了最保險的回答。

——我是來旅行的。

輪到伊琪了，腦中預想的問答開始了。

“How long will you stay here?”（妳會在這停留多久？）

伊琪回說可能一個月或兩個月，再不然就是比那更短。

“That’s a very abstract answer.”（這回答很抽象呢。）

伊琪緊張兮兮的，生怕自己會說錯話，但對方卻馬上說了：「Anyways!」（好吧！），接著就「咚！」蓋下了入境章。

伊琪完成入境手續，合法踏上了美國土地。她先去找回行李箱和背包，取出厚羽絨外套穿上。在正式踏入阿拉斯加的土地之前，必須做好萬全的準備。

她一走出安克拉治機場，隨即看到一名東南亞男子舉著寫有「Welcome, Easy!」的牌子。伊琪至今都是把自己的名字標示為 Izy，不過看到有人寫成了 Easy，頓時覺得人生看起來可真輕鬆。男子露出陽光開朗的笑容，朝伊琪揮了揮手。

伊琪在韓國打聽韓國人經營的民宿，預約了機場接送服務與住宿。雖然希望能從安克拉治機場直接前往荷馬，但如此一來時間又太趕，所以伊琪打算在安克拉治住一晚，隔天再動身前往。

「您好，我是芬恩。」

男人以蹩腳的韓語說道。

「您好。」

「辛苦您了。」

芬恩替伊琪提起行李箱並率先走在前頭。只有伊琪身穿厚重羽絨外套、走起路來笨拙地左搖右晃。

「這裡是安克拉治，女士。」

「是呀。」

伊琪不懂為什麼芬恩要強調這句話。

"Anchorage is not Alaska."（安克拉治不是阿拉斯加。）

"What?"（什麼？）

"Not that cold here."（這裡沒那麼冷。）

意思是要再更北一點，才能真正感受到阿拉斯加的寒冷。伊琪這才領悟似的點點頭，脫掉了厚重的羽絨外套。涼絲絲的夏風一圈圈縈繞伊琪的身體，她將羽絨外套重新放回行李箱，取出防風外套穿上。

芬恩把行李箱和背包放入車款看似年代久遠的貨車後車廂。

「Lady的行李很少呢。」

伊琪還以為自己行李很多，因此感到意外。

「Lady，來到阿拉斯加的人都帶很多行李，大概是覺得自己搞不好會死吧。」

這是芬恩為了搞笑所練習的韓語，但伊琪完全沒聽懂，氣氛頓時凝結。

「抱歉，請稍等一下。」

伊琪的嘴上叼了根菸，想找打火機，可是卻找不到，這時芬恩立即遞來印有「Kim's撞球場」的打火機。

「打火機您拿去吧。」

「啊，謝謝，這裡也有撞球場啊。」

「老闆也經營撞球場。」

待香菸的煙霧消散，芬恩說了：

「Sorry，lady，我們要出發了。」

芬恩一坐上駕駛座，伊琪也跟著坐上副駕駛座。

「原來不到會冷死人的程度啊。」

聽到伊琪的話後，芬恩只是微微一笑，大概是沒有聽懂吧。芬恩只會回答自己聽得懂的韓語。他一臉稚氣，乍看之下只有二十歲出頭。

「女士，我是柬埔寨人。」

芬恩開車時，滔滔不絕地說自己從五年前就開始學習韓語，為了認識更多韓國人並精進韓語，所以在韓國人經營的民宿工作。他說自己喜歡Kpop，尤其還是BlackPink的狂粉，表明了自己是BLINK。才五年就能說韓語到這種程度，伊琪不禁心想他真是個了不起的自學者。

就像韓國人覺得柬埔寨人跑到阿拉斯加很神奇，柬埔寨人也同樣對韓國人跑到阿拉斯加感到神奇。

「柬埔寨沒有冬天吧？」

"You mean, winter?"（您是指冬天嗎？）

芬恩說的英語簡潔有力，可以預想得到他的英語能力要比韓語流暢許多。

「Yes, winter.」

「柬埔寨有冬天，但也可以說沒有。」

「會下雪嗎？」

「不會下雪。」

真好奇芬恩從不會下雪的國家，大老遠跑到阿拉斯加的故事會是什麼。

"Why I came here?"（好奇我為什麼來到這裡嗎？）

芬恩反問道，似乎讀出了伊琪的想法。大概是做這份接送工作久了，有許多旅客問過相同的問題吧。伊琪點點頭，芬恩便開始娓娓道來，像是加上了慢動作的特效般，芬恩的嘴脣緩緩地張闔。

「我一開始去了美國德州，拿到了學生語言學習簽證。我希望可以長期待下來，American Dream? You know? 可是，no money, no money，所以很難，但我算過了。」

「咦？算過……？」

「女士，您不知道算命嗎？韓國人喜歡算命。」

「啊！那個算命啊。四柱八字？巫女？Fortune teller?」

「Yes! 女士，我會算命。」

芬恩斷斷續續地以英韓雙語夾雜介紹自己的算命功力。芬恩出生於金邊，在吳哥窟附近靠著乞討度過童年時期，後來進入了吳哥窟，開始替人算起命。因為主要是以外國人為客群，所以芬恩拚命勤讀英語。吳哥窟既是芬恩的學校，也是他工作的地方，在那裡見到的所有人都是他的良師兼益友。伊琪向來都把學校和職場當成柵欄般跨越，因此對於寺院能同時成為職場與學校的事實，實在難以感同身受。

芬恩精通算命，荷包也逐漸豐厚起來。在那裡，吳哥窟的神聖氛圍無疑也起了推波助瀾的作用，所以芬恩才能帶著那筆錢來到美國。

「但女士，我不幫人推薦投資項目。」

唯獨韓國人和美國人特別喜歡要他推薦虛擬貨幣或股票種類，所以芬恩連連搖手說自己已經被問怕了。汽車在蘇厄德高速公路上馳騁，一打開車窗，隨即感受到在夏末吹拂的風中緩緩露臉的寒氣。

"You are unique."（您很特別呢。）

「嗄？」

"Normally, people are busy taking picture, but not you."（通常大家都忙著拍照，但您卻沒有。）

"Do they?"（是嗎？）

伊琪含糊應答。

"What's the purpose of your visit?"（您來旅行的目的是什麼？）

她回答自己要前往荷馬。伊琪保持應對禮儀，但語氣不冷不熱，暗示對方別再追問下去，

芬恩於是開啟親切的觀光小幫手模式，說明起關於荷馬的一切。

從安克拉治到荷馬的距離是三百七十公里，大約是從首爾到釜山的距離。那裡主要是白人群居的富裕區，物價貴得嚇死人，就連一個漢堡也沒辦法隨便買來吃。荷馬是個總人口推估為六千五百人左右的小都市，根據二〇一六年的統計資料，韓國人總共有十人，但到了二〇二三年，韓國人就只有兩人。

「可是，為什麼要在那個地方開設韓醫院呢？」

原本在聽芬恩說明的伊琪喃喃自語道，芬恩倒是聽懂了這句。

"Oriental medical clinic?"（韓醫院？）

「Why is his oriental medical clinic there?（為什麼他要在那裡開設韓醫院？）我是指這個叫做阿拉斯加韓醫院的地方，為什麼開在連韓國人都沒有的社區。」

"Dr. Godam?"（高譚醫師？）

「您認識嗎？」

「高譚醫師，是告訴我從首爾到釜山的距離有多遠的人。」

"Is he a good doctor?"（他是個好醫生嗎？）

芬恩透過後視鏡悄悄看了伊琪一眼，能感覺到他的臉上寫著不明確與不安。

"He's a good doctor. I am being treated by him. When I have no pick up work, I sometimes go there."（他是個好醫生，我也曾接受他的治療。在我還沒有接送的工作時，偶爾會去那裡。）

接著，芬恩的表情顯得有些尷尬。

「可是老闆他們不喜歡高譚。」

「咦？老闆是指？」

「民宿的老闆，給我薪水的人。」

「為什麼？」

芬恩沒有作答，只是握著方向盤，不解地搖了搖頭。車子在沉默之中經過兩三個路口，而後看見了寫著「Kim's house」的招牌。貨車在獨棟住宅的前院停了下來，民宿老闆夫妻倆露出熱情的笑容迎接伊琪。在伊琪的眼中，他們的笑容猶如複製品般十分不自然。

「旅途很漫長吧，請進。」

芬恩立即將放在後車廂的行李箱和背包卸了下來。雖然伊琪對自己沒來得及聽到的話充滿好奇，但她仍拖著行李箱跟著老闆夫妻倆進了屋內。

鄭女士將一杯熱可可遞給伊琪。

「這是我們家的迎賓飲料。」

鄭女士穿著一身端莊的洋裝，臉龐猶如紙張般蒼白憔悴，但或許是因為抹上很厚的大紅色口紅，可以從她的臉同時感受到保守與叛逆的奇妙感。

一走進屋內，隨即看到掛在客廳中央的十字架，活脫脫是典型韓國人教徒的住家氛圍。伊琪面對著鄭女士和金先生，喝了一口熱可可，飲料卻散發出難喝的炭燒味。

「您會在阿拉斯加待多久？」

鄭女士大概是太久沒有遇見韓國女性了，一時太過高興，用過度親切的語氣問道。

「大概一個月吧？也可能待到簽證到期為止。」

「啊！那您是要看極光吧？」

鄭女士以充滿期待的表情問道。

「我倒是沒有一定要看到極光。」

雖然回答讓人大感意外，但鄭女士轉了轉眼珠想再次延續對話，這時金先生以極度權威式的口氣問了：

「您主要是在哪裡旅行？」

「荷馬。」

「荷馬？看來您是來談生意的吧？最近有不少藝術收藏家來收購畫作呢。」

伊琪回想起飛行過程中在文宣品上頭看到的文字，上頭介紹荷馬是個大部分人口都在咖啡廳作畫或寫作的藝術家聚居之處。

「那倒不是。」

「不然呢？」

雖然伊琪的疲倦感已經襲來，但對方露出一副沒聽到滿意的回答就不會放棄追問的氣勢。

「是為了前往阿拉斯加韓醫院才來的。」

金先生一臉訝異地望著伊琪，不一會兒就將視線移到她戴在右手臂上頭的袖套和手套。鄭女士一臉饒富興味地注視提到阿拉斯加韓醫院的伊琪，同時偷偷看著丈夫的眼色。金先生突然換上憂心忡忡的表情問道：

「您是打算來找名醫的嗎？」

金先生擺明了是在嘲諷伊琪。

「怎麼？不行嗎？」

「高譚醫生，他這人品性不好。他本來是在安克拉治，但為什麼會特意跑到荷馬去呢？還不就是被這裡的韓國人社群驅逐出去的。」

伊琪這才覺得找到了遺失的拼圖，明白為什麼阿拉斯加韓醫院不在安克拉治，而改到主要是白人居住的荷馬。

「您好像不是很意外呢？」

對於高譚的兩極評價，伊琪確實是霧裡看花，但她不相信這些初次見面就斷言他人好壞的人。過去為了治療複雜性局部疼痛症候群，伊琪見過的醫生就逾百名，那些據說赫赫有名的名醫當中，反而有更多是江湖郎中，無論是西醫，還是韓醫，伊琪早就不相信這世上會有與眾不同的醫生。

「嗯，世上本來就很多招搖撞騙的嘛，哈哈。」

看到伊琪回得如此泰然自若，金先生一臉不快地盯著她。

「我累了，就先回房了。」

伊琪把已經冷卻的熱可可當成水，連同藥丸一起吞下，然後站了起來。

「啊！遮光窗簾請一定要拉上！」

鄭女士朝著伊琪的背影親切地大喊。

長途飛行導致身體變得沉重僵硬，對於明日旅程的擔憂也跟著席捲而來。儘管最好能僱用駕駛技術穩定、禮儀也很周到的芬恩，直接前往荷馬，但伊琪負擔不起這筆費用。雖然已經到了晚間，但外頭的天色還是亮的。白晝的色彩與夜間的景色微妙地融合，伊琪試圖在腦中尋找形容那種顏色的單字，可是卻怎樣也想不起來。

拉上遮光窗簾後，黑暗瞬間填滿了房內，雖然知道自己置身何處，但伊琪仍不由得心生恐懼，於是再度拉開了窗簾。這時她看見穿著校服的少女往窗外某處飛奔而過的身影。看來凱蒂貓也抵達了安克拉治，伊琪高興得趕緊到外頭去找少女。

她來到外頭，卻不見少女的蹤影。伊琪環視周圍，色彩繽紛的獨棟住宅如火柴盒般整齊排列，她漫無目的地走在街道上，接著開始用眼睛搜尋可以點根菸吞雲吐霧的地方。她看見住宅與住宅間有塊狹小的涼蔭空地，於是快步走到那裡面，拿了根菸叼在嘴上。

「借我一下打火機。」

伊琪回頭一看，是少女。

「喂！妳到現在還沒把衣服換掉，就這樣一路穿著校服啊？」

「又不會怎樣，反正是永晝嘛，英國的高中生也都穿校服啊。」

「英國？這裡可是美國。美國的高中生不是都穿便服嗎？」

「總之不覺得我看起來像英國高中生嗎？在泰晤士河玩耍的那種？」

少女咯咯發笑，伊琪原本欲言又止，後來替少女遞送到眼前的香菸點上了火。

「戒掉吧，這麼小就在抽菸？對身體多不好。」

「姊姊不也在抽嗎？」

「我呢，已經是大人，而且長過頭了，反正是被拋棄的身體了。」

「姊姊，沒有誰的身體是可以被拋棄的。」

少女用不太雅觀的樣子叼著菸，口氣很嚴肅地說道。

「是啊，抱歉，不過妳剛才是要去哪裡？」

「我被人追殺。」

少女露出了至今從未見過的哀傷神情。

「誰在追殺妳？」

「時差幽靈。」

「什麼？」

伊琪以為自己聽錯了，這時卻突然聽見「叭啊——」的汽車喇叭聲。她回頭一看，芬恩打開了駕駛座的車窗，整個人眉開眼笑的。

「女士，行李都拿出來了嗎？」

「沒有，因為明天一早就要出發。」

「啊，對耶，您預約車票了嗎？」

「預約了，在韓國就都預約好了。」

「明天大概沒辦法跟您告別了，因為我得去別的地方接客人。」

「好的，很高興認識您，芬恩。」

“Don't worry, madam. You will be fine.”（別擔心，女士，您會沒事的。）

芬恩朝伊琪眨了一下眼後離開了，伊琪則是再度轉頭看向少女，可是那個地方卻不見任何人影。在空蕩蕩的位置上，只剩香菸的煙霧還依稀可見。

「跑去哪了？」

伊琪自言自語道，彷彿在說給誰聽似的。自從聽到時差幽靈這幾個字，手臂內側就起了雞皮疙瘩。伊琪趕緊掉頭回房去。

伊琪拉上遮光窗簾，躺在床鋪上。她徹夜輾轉難眠，最後一刻也沒闔眼，直接關掉了響起的鬧鈴。她起身後看向枕頭，發現自己掉了一撮頭髮，雖然突然想起了藥劑師說，服用過多止痛藥會造成副作用，伊琪仍再度打開了藥罐。

巴士站位於距離 Kim's house 徒步十分鐘之處。這是就算有各種缺點，伊琪依然選擇這家民宿的理由。時間接近正午，在巴士站排隊的人潮還是很多，而夾雜在不同種族之間，伊琪果然也成了獨特的人種之一。緊接著，一輛大型觀光巴士停了下來，前往荷馬的最後一段旅程上路了。伊琪坐在預約的座位上，豎起耳朵仔細聽車內的指示廣播。廣播告知了抵達時間後，巴士出發了。

在蘇厄德高速公路上往荷馬馳騁的途中，道路上瀰漫的濃霧也緩緩散去。伊琪稍微打開車窗，大海的氣味隨即刺激鼻腔，可以切實感受到越來越靠近大海了。通過漫長乏味的迷霧後，環抱大海的雪山露出了身影，讓人感受到它彷彿貴為世界霸主的威嚴，伊琪不由得肅然起敬。

伊琪一走下巴士就用手機打開 google 地圖。打上「Alaska oriental medical clinic」幾個字後，出現了徒步三十分鐘左右的路程。伊琪拖著行李箱遵照箭頭移動的方向前行，過沒多久，箭頭停住了，在那個地方有棟背靠大海、氛圍雅致的二樓建築物，一樓是花園，二樓能看到「阿拉斯加韓醫院」的招牌。「是韓文啊！」看見韓文招牌的欣喜之情與找對地方的安心感，讓伊琪總算鬆了一口氣。

她正打算走向二樓，卻發現沒辦法只靠左手提起行李廂。伊琪朝著花園的方向東張西望，最後和一個正在替花盆澆水的東方男子對上了眼。他看見伊琪後露出了和善的笑容。男子看起來約莫三十五歲，身體圓滾滾的，臉也圓圓的，就連戴的眼鏡框也是圓的，整體給人的印象就像一個大圓。伊琪說自己打算拜訪樓上的韓醫院，詢問是否能將行李暫放於此，這名東方男子則是親切地回答說好。從他的英文口音聽來，應該是名日本人。伊琪將行李箱和背包寄放在這，走上了二樓。

她打開阿拉斯加韓醫院的門，看見一兩名患者坐著候診。伊琪觀察了一下內部，放置韓藥材的抽屜排成一列，標示為針灸室和診療室的房間並排在一起，透過偌大的候診室窗戶向外望，看上去冰冷無比的蔚藍大海無邊無際地開展。韓醫院沒有另外設置櫃臺，看起來像是錢筒的盒子上寫著「You pay here !」（請將錢投入！）室內採用暈黃的燈光，縈繞著有別於窗外風景的溫馨感。扣除過度簡樸這點，倒是與其他韓醫院無異。

等候的時間要比想像中更長，伊琪不小心睡著了，直到再次睜開眼睛時，發現少女就坐在自己身旁。

「喂，妳……」

伊琪正打算問她為什麼昨天人突然不見了，但看到少女依然穿著校服，頓時啞口無言。

「不冷嗎？」

「姊姊，太陽都不下山。」

「再往北邊一點，聽說就完全是永晝了。」

「那麼，是說這不是百分之百永晝嗎？」

「大概是吧，還留有一丁點夜晚。」

「姊姊，我睡不著，不管是夜晚或白天。」

「妳沒看觀光導覽手冊就來了？」

「嗯。」

「膽子可真大啊。」

「姊姊也看起來超累。」

少女指了指自己的肩膀說：

「靠在這上頭睡吧。」

聽到這話，伊琪也不由自主地將頭靠在少女的肩上，接著意識在某一刻滑進了夢鄉。睜開眼睛時，伊琪卻是獨自一人。一名男子從診療室開門出來，年紀落在四十幾歲，個子算高的，身上穿著藍色毛衣搭配牛仔褲，一張臉既冰冷又溫暖，說不清是偏向哪一邊。他就是高譚。伊琪朝他點頭致意。

「您預約了嗎？」

「可以現在預約嗎？」

高譚顯得有些尷尬。

「預約已經截止了。」

「我是從韓國來的。」

接著高譚直勾勾地盯著伊琪。

「啊，是聲音很混濁的那位？」

「是的，複雜性局部疼痛症候群。」

伊琪彷彿把這當成自我介紹似的答道，跟著高譚走進了診療室。

在診療室內也能看見窗外的大海掀起了狂野巨浪，伊琪這才對於自己置身阿拉斯加有了真實感。

「海浪掀得好高啊。」

「這還算平靜的了，總之是永晝。」

高譚說話的語氣精準得一絲不苟，伊琪可以感覺到他不是講話時會無謂畫蛇添足的類型。

「幾天前透過聲音問了診，我的意思是，透過電話。」

空氣中流淌著一股尷尬的沉默。

「我應該說過不是我治好的。」

伊琪雖然感到驚慌，但還是按捺了下來。聽說在荷馬就只有兩個韓國人，伊琪可不想從第一天就跟其中一人結下梁子。

「總之我來到這裡，來到了阿拉斯加。」

「要替您把脈嗎？」

伊琪伸出左手後，高譚從容自若地把起脈。經過短暫的靜默，高譚邊將指尖移開手腕邊說：

「螞蟻爬過的聲響都比這吵鬧呢。」

「沒有力氣？是這樣嗎？」

「您飛行幾個小時？」

「扣除候機時間，嗯，飛行大概八小時。」

「居然能以這種狀態長途飛行來到這裡，真令人吃驚。」

高譚露出不可置信的表情。

高譚以鉛筆寫下診斷內容。鉛筆在紙上沙沙書寫的聲音填滿了整間診療室。

「心臟幾乎感受不到脈動，失眠的症狀維持多久了？」

「說到失眠，是以什麼程度為基準……」

伊琪約莫失眠九個月了，但從哪裡到哪裡才算是真正的失眠，基準卻很模糊。

「最少睡四小時以上是在什麼時候？」

「四小時以上……四個月前？」

「一小時以上呢？」

「兩個月前，可是我從來沒有好好睡過一覺，即便是那一小時。」

高譚觀察伊琪的氣色，眼窩凹陷，嘴脣也呈現乾裂狀態。

「生理期呢？」

「早就亂七八糟了。」

「氣色也很糟，您究竟吃了多少止痛藥？」

「是吃了一些。」

「一些是多少？」

高譚貌似在興師問罪，令伊琪感到不自在。

「因為沒有它，我就無法生活。」

「也混了安眠藥吧？」

伊琪稍作停頓，之後才點了點頭。

「首先兩種都要停掉。」

「有了它們，我才勉強能忍受疼痛的。」

「現在免疫系統開始被破壞了，您有掉頭髮吧？」

最近頭髮老是一把一把地掉，所以伊琪頓時無話可說。

「疼痛的問題就在這。不是暫時麻痺了，病情也就好轉了，只不過是在增加劑量而已。到後來也會沒效果，只會形成繼續增加劑量的惡性循環。」

「這誰不知道？是因為我也只能吃藥啊。」

「要是真的知道就不會吃了。」

「我知道。」

伊琪在此時想起了少女。

「您看到前面的患者不就明白了嗎？看她有多痛苦啊。」

「什麼？是指誰？」

「來自韓國的十多歲女生。」

「這六年來，我是第一次用韓語進行診療。」

伊琪一臉錯愕地望著高譚。

「您剛才沒有替病人看病嗎？」

「請問那位少女穿著什麼樣的衣服？」

「什麼？她穿校服。」

回答的同時，伊琪自己也覺得奇怪。

「校服是什麼顏色？」

提出這問題反倒讓高譚顯得奇怪了。在阿拉斯加說什麼校服？

「黑色。」

高譚搖了搖頭，說了：

「看來是神呢。」

「神？god?」

「不，嚴格來說是腎臟的神。」

伊琪聽得一頭霧水。

「什麼？」

「各個內臟都有對應的神，心臟是魂，肺臟是魄，腎臟是神[10]。」

「是像鬼魂之類的嗎？」

「不，您會把自己的內臟當成鬼魂嗎？」

「那麼，是從我的腎臟冒出魂魄之類的東西嗎？」

「是的，大致上可以這樣理解。您是在哪裡初次見到她？」

「吸菸室，那麼我是在抽菸時遇見了從我的腎臟冒出來的魂魄嗎？」

10 中醫也有五臟藏神的說法，不過是指心藏神，肺藏魄，肝藏魂，脾藏意，腎藏志。

「是的。」

伊琪見過各式各樣的江湖郎中，倒是沒聽說過這種說法，頓時覺得自己彷彿遇見了東方偽醫學上最前線的強敵。

「我千辛萬苦來到這裡，卻碰到說話這麼離譜的人。」

「這是我的淺見。」

「我不管您說什麼，總之請您採用跟那位患者相同的治療方法。」

「什麼？」

「只要治療方法相同不就行了嗎？」

「沒辦法套用相同的治療方法，每個人的身體狀況都不同。」

伊琪沒力氣再糾纏下去。她忍不住苦笑，想到自己在這位韓醫上頭白費功夫，不禁感到萬分絕望。還不如乾脆去見那位因紐特人算了。

「好，那麼那位患者大概何時會來？接受複雜性局部疼痛症候群治療的那位。」

「對啊，過了永晝……他會來嗎？」

「醫師！這件事您怎能問我？我都大老遠來到阿拉斯加了！」

高譚從容不迫地望著激動大喊的伊琪。

「我分明告訴過您，我不知道他何時會來。」

沒錯，高譚什麼都對伊琪說了，抱著一絲希望奮不顧身地跑到阿拉斯加，全是基於伊琪個人的選擇。兩人之間一陣靜默，伊琪萬念俱灰地站起身。

「我走了，祝您平安。」

「請到附近的古巴汽車旅館去吧，走路十五分鐘能到。」

「我自己會想辦法找到。」

「在美國要是沒有車，移動幾個路口的路途也很遠的，再加上這裡可是阿拉斯加，最不缺的就是土地。」

「我自己會想辦法。」

伊琪無力地轉過身，這時高譚絮絮叨叨地說：

「要是隨便進一家汽車旅館，會被當成是應召女郎的，因為東方女子在這很罕見。」

「哼，所以診療費是多少？」

「八美元。」

伊琪走出診療室，在錢筒內放入八美元後走了出來。

伊琪走出韓醫院後，直接來到一樓，拿回暫時寄放的行李，然後無力地離開了這棟建築物。

她想起高譚說腎臟冒出魂魄的說詞，不禁對自己生起氣來，居然相信說出那種話的韓醫，並千里迢迢跑到阿拉斯加。

她打算前往看起來有幾個路口之遙的古巴汽車旅館，刺骨寒風卻毫不留情地吹襲而來。雖然是大白天，卻不見半個人影，她看了一下 Apple Watch，已經是夜間九點。第一次碰上如此漫長的白天，不禁教人感到陌生。

伊琪別無他法，只能掉頭朝古巴汽車旅館的方向走。

她經過庭院裡沒有水的封閉游泳池，走進了有三樓高的建築物內，隨即看見了櫃臺，裡頭站著一名披著一頭紅色長直髮的白人女子。

"Are you Korean?"（妳是韓國人嗎？）

"Sure."（當然。）

人家問是不是韓國人，卻回答「當然」。伊琪的英語能力要比韓語更快陷入混亂。

"How long are you staying?"（妳打算待多久？）

女人用很男孩子氣的嗓音問道。

"One day first."（先一天吧。）

"Breakfast?"（需要早餐嗎？）

"No, thanks."（不用了。）

女人將鑰匙遞了過來。

伊琪打開了一〇四號的房門，由於遮光窗簾是拉上的，所以一進房就是一片漆黑。她按下開關後，玄關燈亮起，房間內部乾淨整潔，有一張雙人床、電熱水瓶、馬克杯、單人桌、電視及迷你冰箱，牆上的相框裡是迪納利國家公園的照片。伊琪從迷你冰箱中取出水，連同止痛藥和安眠藥一口氣吞了下去。儘管腦海中瞬間閃過這樣的劑量說不定足以致死的念頭，但藥丸已經通過喉頭溜了下去。伊琪整個人直接倒在床上。

不久後，伊琪的鼻尖感覺到一股煙味。就在她睜開朦朧的雙眼時，發現少女就在床的尾端，優雅地抽著菸。

「妳怎麼進來這裡的？」

雖然很想大叫有人擅闖民宅，伊琪卻沒有半點力氣。

「噓！姊姊，我現在是在躲人。」

「躲什麼人？」

「我說我被時差幽靈追殺啊。」

「為什麼……要追殺妳？」

「他會再次把我放進紳士帽！」

少女突然恐懼地不住啜泣。

「再次？」

「對！我原本待在時差幽靈的紳士帽裡！」

「那是什麼……」

「他吃掉了我的時間！」

「妳現在到底在說什麼？」

「姊姊，我好害怕！我不想再被抓走，那頂紳士帽裡面太恐怖了。」

下一刻，啪的一聲，有人打了伊琪一記耳光。她睜開眼睛，在櫃臺看見的那名紅髮女子正一臉盛怒地俯視伊琪，而高譚正在她身旁替伊琪把脈，少女則不見蹤影。

「怎麼了？」

伊琪困難地開口，紅髮女子氣結似的連續說了好幾次「What the fuck!」。

「您要慶幸自己不需要洗胃。」

「什麼意思……」

「我看您的脈搏微弱、氣色看起來很不妙，因此打電話給櫃臺，要她過來敲門看看，但她說房內沒有半點反應。」

高譚拿起安眠藥和止痛藥的罐子給伊琪看，問她：

「您究竟吃了幾顆？也沒處方箋？」

伊琪這才不得不承認自己失去了理智。

「不知道，有好一段時間都沒數顆數了。」

「您可要曉得，在美國要是被救護車載一趟，金額可要比阿拉斯加來回機票更高。」

高譚取出了兩包韓藥包。

「吃了紅色的之後，會覺得胃翻攪想嘔吐，那就痛快地吐一場吧。用吃奶的力氣，全部都吐出來！接下來就喝溫水，然後再吃藍色的。」

伊琪費了好大的勁才撐起上半身，而紅髮女子直到看見伊琪拿起第一包藥袋後才離開房間。

「請替我向那位道個歉，說明我的情況，畢竟我的英語能力有限。」

「現在那位朋友以為您企圖自殺，明天請您拿出最大的誠意親自向她道歉吧。」

高譚語氣生硬地說完後就轉過了身。伊琪瞬間感覺到嘔吐物湧了上來，連忙衝向了廁所。她開始大吐特吐，直到連綠色的膽汁都給吐了出來。接著，她喝了杯水，又吃下了第二包藥。

伊琪看著已經撕開的紅色藥袋和藍色藥袋，想起了電影《駭客任務》的畫面。萬一尼歐沒有從紅色藥丸和藍色藥丸中擇一，而是同時服用兩種，會發生什麼樣的事情呢？伊琪一邊胡思亂想，一邊竭力忘掉少女曾經來過這個房間的事實。

之後，伊琪再次躺在床上。

翌日，光線透過遮光窗簾的縫隙悄悄溜了進來。伊琪在床上輾轉反側，似睡非睡的，這時有人敲了房門。伊琪起身透過貓眼看到紅髮女子一臉冰冷地站在門前。一打開門，紅髮女子就說退房時間是十一點，現在已經超過十二點了。伊琪表示自己要多待上一段時間，但紅髮女子堅決地搖頭。伊琪連忙開啟 google 翻譯器，努力地解釋給對方聽，從名叫複雜性局部疼痛症候群的病名，到自己服用安眠藥的理由，以及發生在右手臂上頭的症狀，全都一口氣說了；當然，也包括了昨夜自己絕非企圖自殺的事。最後她說完「請別把我趕出去」之後，又再加了一句「Please」。

紅髮女子以警告的口吻說：

"If you want to stay here for more days, Okay, but don't die here. I'm sick of people dying in Alaska. And go to Dr. Godam now. OK?"（如果妳想多待上幾天，可以，但別死在這。我已經受夠了阿拉斯加的死亡，還有，妳現在去找高譚醫師。）

如此說完後，紅髮女子關上了房門，伊琪這才鬆開了不自覺握緊手機的左手。為了醒醒腦，她拉開了遮光窗簾，看見環抱雪山的大海就在窗戶的另一頭，伊琪剎時被那幅風景震懾住，不禁望得出神。

5

儘管不是第一次來，但今天阿拉斯加韓醫院的候診室風景格外讓人陌生。病患大多是白人，但其中也夾雜了黑人和東南亞人士。也不知道大家本來就是舊識，又或者才剛認識，只見他們毫不拘束地閒話家常，什麼都聊。招牌雖然寫著韓醫院，給人的印象卻像是社區內的交誼廳。診療結束後，病人會將錢放入錢筒，但也有幾個人是以水果、蔬菜、紅酒和伏特加等代替診療費，擱在櫃臺後離去的。過了好一會兒，高譚喊了伊琪的名字。

一走進診療間，高譚就問起睡眠狀況，伊琪只是簡短地回說就那樣，接著老實地交代：

「昨晚那個少女在房間裡。」

換句話說，伊琪是在坦承：「你並不是江湖郎中，我看到了那個叫做魂魄還是什麼的東西。」高譚倒是一點都不吃驚。

「我是瘋了嗎？」

「不是的，您沒有瘋。不是告訴您了嗎？是從腎臟跑出來的魂魄。」

高譚再次說道，用鉛筆指著伊琪的腎臟。

「什麼樣的針我都扎過，該吃的我也都吃了，全都試過了。」

「是從什麼時候開始痛的？」

「九個月前發生輕微交通事故，右手臂和右手被擦撞。醫院說沒有任何問題，但疼痛感始終沒有消失。」

高譚用鉛筆寫下伊琪說的話。伊琪很喜歡鉛筆在紙張上書寫的沙沙聲，感覺對方很專注在聽自己說話。高譚放下鉛筆，將自己到目前為止所寫下的內容、伊琪說的話、她經歷的事情、氣色、脈象、聲音等看了一遍又一遍，畫出了尋找脈象的地圖。

「各個內臟都有相對應的情緒，肝是憤怒，肺是悲傷，腎臟是恐懼或害怕。若是產生極度的恐懼，就代表腎臟的水萎縮了。」

「是說我產生極度的恐懼感嗎？」

「會不會是在被車子擦撞後，那種恐懼感甦醒了？雖然目前是如此推測，但還不確定，總之您必須先戒掉止痛藥和安眠藥。」

「那我怎麼熬過去？」

高譚從韓藥材的抽屜取出香菸盒般大小的鐵盒，遞給了伊琪。她打開一看，裡頭裝著乾枯的葉片。

「就抽這個。」

濃烈的草味與菸葉很不一樣。

「這是什麼？」

「大麻。」

「這是處方嗎？」

「是的，在這裡是合法的。」

高譚不以為意地回答，連同薄紙和濾嘴一併遞了過來，說只要捲起來抽就行了。

「我可是大韓民國的國民。」

伊琪以顫抖的聲音喊道。也不知道高譚是不是沒聽見伊琪的回答，只見他沒什麼反應地整理起韓藥材的抽屜後關上。伊琪接過大麻後，整隻手就這麼停在半空中。

「一般來說，消炎止痛藥幾乎不會有產生幻覺的副作用，但用於劇烈疼痛的止痛藥是麻醉止痛藥，因此會伴隨神經系統的副作用。這個副作用比較小。」

「那麼睡眠呢？」

「吸入大麻菸後，身體會感覺變得慵懶。既然您會抽菸，想必很快就會適應了。只不過我所開的少量處方『只能在這裡』使用。」

高譚特別在「只能在這裡」上頭加重語氣。

「這種東西是哪來的？」

「能在室內生長的藥材，都是在樓下栽種的。」

「我看樓下是花店啊……」

伊琪沒把話說完，露出一臉驚愕。

「請參觀完再離開吧。趁下樓時也向理斗學一下捲大麻的方法。理斗是花園的主人。」

伊琪整個人還暈頭轉向的，手裡就拿著大麻來到了一樓。她往裡頭望去，六十坪左右的寬敞空間一覽無遺，沒有任何遮板。植物和多株矮小的樹木凌亂地擺放，宛如一座野生雨林。伊琪才剛走進去，理斗便高興地露出笑容。

那是第一天讓自己寄放行李箱和背包的東方男子。

"Thank you for letting me store my luggage yesterday."（謝謝您昨天讓我寄放行李箱。）

「不用，不用，這思 my pleasure，my name is 理斗。」

理斗不斷重複說「不用」，讓伊琪聽了一時不太明白。理斗大概以為「不用」是不客氣的意思吧。

「我是伊琪。」

「伊琪桑威什模灰來這裡？」

「啊，問我為什麼來嗎？我是來這裡二樓的阿拉斯加韓醫院，找高譚醫師。」

「噢！高譚醫師，他思 my very dear friend。您哪裡不蘇服？」

“I have a ghost in my right arm.”（我的右手臂上頭有幽靈。）

理斗像是興致很高昂地點點頭。依高譚所說，這裡有提供大麻，但伊琪放眼望去卻只見到樹木和花草。理斗彷彿看出了伊琪觀望花園的疑惑眼神，詢問道：

「伊琪桑思來找大麻的嗎？」

伊琪嚇了一跳，取出口袋中的鐵盒給理斗看。

“I have one.”（我有了。）

伊琪羞澀地回答後，理斗有些刻意地開始替花盆澆起水來。她走到理斗身旁，一股與鐵盒散發的味道相似的香氣刺激伊琪的鼻尖。

“Are you watering the cannabis?”（你在替大麻澆水嗎？）

「Yes，窩不只有賣花，只有賣花，沒有很多 money，所以窩也賣藥。」

接著理斗拿起注射器，為植物的莖注入液體。

“What are you injecting?”（你在注射什麼？）

不知道是不是沒辦法用外語解釋清楚，只見理斗操著一口濃濃日本口音的英語，說得十分緩慢。

“It’s chemical. We are trying to change the cannabis gender to be Female since we only smoke female cannabis.”（這是化學藥品，是要把大麻從雄性轉為雌性。只有雌性才能拿來吸食。）

這是伊琪第一次知道原來大麻也有分性別。她小心翼翼地離開了花園，讓理斗持續專心替植物注入液體。

但伊琪無處可去，肚子偏偏又在這時咕嚕咕嚕作響。在Kim's House喝的熱可可是她最後吃下的東西。伊琪打開google地圖，找到距離最近的漢堡店，走了大約二十分鐘，看見了「荷馬漢堡」的招牌。伊琪急急忙忙地買了漢堡、炸洋芋片和可樂出來，打算以最快的速度帶回民宿吃，但天公卻不作美，開始落下一滴、兩滴雨，轉眼間就轉為傾盆大雨。伊琪趕緊手忙腳亂地衝進了眼前看到的公共電話亭。

緊接著，夾雜冰雹的大雨劈里啪啦打下，炸物的香味從胸口處慢慢飄了上來，伊琪抵擋不了誘惑，於是用左手拿著濕掉的漢堡狼吞虎嚥起來。她吃了塞進口袋的炸洋芋片，也喝了可樂，在急忙填飽肚子的期間，雨也不見任何停歇的跡象。隨著氣溫突然陡降，右手開始疼痛起來，伊琪將最後一口漢堡放入嘴巴後，小心翼翼地在褲子上頭擦拭濕漉漉的雙手。接著她取出放在鐵罐中的大麻、薄紙和濾嘴，試著用左手捲大麻。

捲大麻的重點在於需要適量的口水。要是口水過多，葉片就會變得黏稠，紙張也會濕掉。要取適量的大麻葉放在薄紙上頭也不容易。經過多次的嘗試，伊琪總算完成了一根有模有樣的菸捲。伊琪用打火機點了火，吸了口大麻菸，慢慢地吐出白色氣息。咳、咳，她忍不住咳了起來。反覆幾次後，接著她的意識在某一刻變得朦朧，視野也跟著晃動。伊琪很好奇這是否就是只在電影上聽過的「High」。

這時站在公共電話亭前面淋雨的少女伸出了手。

「給我吸一口，姊姊。」

說來也奇怪，伊琪很沉著冷靜。

「聽說妳是從我腎臟跑出來的？」

少女露出可愛的表情撒嬌。

「給我那個嘛。」

「就算妳是魂魄，我也沒辦法把這個給未成年人。」

「呿，可是妳沒有嚇到嗎？」

咚，大麻菸捲的灰燼掉到了地面。

「我現在可是在阿拉斯加的土地上抽大麻呢，魂魄那種玩意能嚇得了我嗎？」

「是喔？不過妳應該會害怕時差幽靈吧。」

「他還在追殺妳嗎？」

「好像又會被抓到。」

少女以哀傷的神情望著伊琪。

「為什麼那樣看我？害我也忍不住傷感起來。」

「反正我們的故事從第一章開始就是悲傷的。」

反、正。

聽到這句話，伊琪的內心深處彷彿有一團東西在翻湧。再怎麼說，不過就是從腎臟冒出來的魂魄，自己何必這麼認真？

「啊，聽到有人用韓語在自言自語，感覺真新鮮啊。」

是高譚的聲音。伊琪朝聲音傳來處望去，看到高譚一手拿著雨傘，另一手提著漢堡店的紙袋站著。

「我雖然說抽大麻合法，但可沒要您在公共電話亭內抽啊。」

伊琪的身體搖來晃去，舌頭也跟著打結。

「我剛才跟魂魄在對話。哈哈哈，靠，真的假的啦。」

高譚將依琪的左肩納進雨傘內。

「阿拉斯加的天氣很難預測，我送您回去。」

「可是我為什麼會想笑？」

「不然以前的人怎麼會把大麻稱作笑菸呢？」

伊琪依然沒有忘記少女哀傷的神情，但她仍跟著高譚走著。

冰雹雖然停了，雨勢卻下得更加猛烈。高譚將身體貼得更近，以避免雨水濺到伊琪的右手臂。雖然右手臂稍微被壓到了，但相較於疼痛感，伊琪感受到的是高譚身上的溫度。

「所以您吃了濕掉的漢堡？」

「是的。」

高譚輕輕咂舌。

「這沒什麼好咂舌的啊，醫師您不也吃了漢堡？」

「您的免疫系統是一塌糊塗啊。」

「說得也是。」

「抽了大麻之後會自言自語吧？我一開始也這樣，習慣就好了。」

「我是在對話耶，跟我的魂魄。」

「她說了什麼？」

不知為何，伊琪遲遲沒有開口。

「看來是跟自己的魂魄有什麼祕密囉？」

「這裡看不到極光嗎？」

伊琪莫名轉移了話題。

「這一帶的確不容易看到極光。」

「荷馬不算阿拉斯加？」

「這麼快就知道這句話啦？要再往北走一點，那裡是另一個世界。」

伊琪試著想像另一個世界，可是腦海中浮現的就只有飄雪的純白原野。

「那裡也有時差嗎？」

「時差？」

「是的，應該會有沒有時差的世界吧？」

沒有邏輯、接近無意識地自言自語，冷不防地冒了出來。

「為什麼時差對您來說很重要呢？」

「我沒說很重要。」

「這是您生平第一次抽大麻後所說的話，果真毫無意義嗎？」

伊琪也不曉得自己為什麼丟出這種提問，但她覺得自己從許久前就想去「沒有時差的世界」。她同時也心想，那會不會是個終年下雪不止的純白原野。是因為來到了連此刻的時間都會徹底凍結的阿拉斯加嗎？伊琪只是愣愣地任高譚領著自己，隨他移動步伐。

兩人抵達古巴汽車旅館的入口時，高譚的單側肩膀都溼透了。

「謝謝您。」

這聲道謝不只是針對高譚替自己撐傘，也感謝他代替自己被淋濕肩膀。

「希望能在診療室聽聽您和魂魄之間說了什麼祕密。」

伊琪站在汽車旅館的入口，凝望著他轉頭離去的背影許久。

伊琪進房後，再次叼著大麻菸捲來到了外頭。不知為何，意識到要獨自待在房裡，她莫名產生了會再度發病的恐懼感。伊琪希望能將注意力轉移到右手臂以外的地方。她在封閉的游泳池周圍一邊走著，一邊平白無故地端詳起手機。

“If you come in here, the Wi-Fi is better.”（來這裡面的話，Wi-Fi 的訊號比較強。）

紅髮女子坐在空蕩蕩的游泳池地板上，抬頭望著伊琪。雖然知道對方說的是英文，但總覺得口氣聽起來很隨意。

“Can I join you?”（我可以加入嗎？）

紅髮女子邊彈吉他邊說。伊琪不免緊張起來，紅髮女子時而展現親和力，時而又大發脾氣，伊琪不曉得自己應該迎合哪一邊才好。見伊琪有所遲疑，紅髮女子更大聲地問了：

“Can I join you?”（我可以加入嗎？）

但伊琪不懂她究竟是要「join」（加入）什麼。紅髮女子做出了抽菸的嘴型，伊琪這才意識到自己嘴上正叼著大麻捲菸。她爬下梯子來到游泳池底下，將鐵盒遞給了紅髮女子。她用大拇指和食指捏起適量的葉子，只消幾秒就熟練地完成一根菸捲，讓伊琪看了忍不住讚嘆連連。接著她用打火機點火，深深地吸了一大口。

紅髮女子叼著菸捲，開始彈起宛如兒童專用吉他般小巧的藍色吉他。從遠處傳來的波濤聲與吉他旋律形成美妙的和弦，兩人暫時成為了大麻二人組。接著，她們很自然地互通姓名。紅髮女子說自己叫做卡羅琳，開始一邊彈吉他一邊說起自己的故事。在伊琪的眼中，這一切猶如音樂劇的某個場面。

她來自波蘭，四十歲出頭，職業是按摩師，而非音樂家，但很滿足於在旅行途中演奏唱歌的生活，現在則是在汽車旅館擔任長期兼職人員。對於阿拉斯加能寬容兼職人員光明正大地坐在游泳池的地板上抽大麻偷懶，伊琪多少有些吃驚。卡羅琳問伊琪為什麼來到這裡。

"I think I am sick."（我覺得我生病了。）

"So you are here to see Dr. Godam. He's good. What treatment do you come for? Did you get treatment from him, too? Sexual dysfunction."（所以妳是來見高譚醫師的。他是個好醫生。妳是來接受什麼樣的治療？妳也在接受他的治療嗎？是——。）

伊琪沒有立刻聽懂最後一個單字，於是叫出了 Siri，接著 Siri 回答說是「性功能障礙」。這是伊琪第一次曉得韓醫學就連性功能障礙也能治療。

“Does that cure you?”（那可以治嗎？）

卡羅琳用目光上下打量伊琪，眼神彷彿在問：「妳不也是性功能障礙嗎？」

“You should try the treatment.”（妳應該試看看。）

伊琪對於把複雜性局部疼痛症候群和性功能障礙拿來比較感到很不快。

“No, no! I have a more serious problem.”（我就不必了，我有更嚴重的問題。）

“Is there anything more serious than sexual dysfunction?”（有什麼比那更嚴重的？）

“Sexual dysfunction has nothing to do with me. I’m a patient.”（性功能障礙跟我無關，我是名患者。）

“You look so normal.”（妳看起來很正常啊。）

伊琪使出渾身解數，用自己的韓式英文一字一字解釋自己的痛苦。

“This syndrome makes me crazy because it’s invisible. But I really feel the pain! On all such occasions. I imagine committing suicide!”（這種疾病令我抓狂是因為它看不見，但我真的能感覺到疼痛，每一次我都會想像自殺！）

卡羅琳聳了聳肩說：

“So what?”（那又怎樣？）

她的反問是如此直爽暢快，就連伊琪也忍俊不住。

「是啊，真的是 so what。」

伊琪突然很想游泳。自從右手開始疼痛，游泳就成了痴心妄想。卡羅琳繼續演奏著，是 R.E.M. 的〈Nightswimming〉。旋律在游泳池內傳開，彷彿置身公演場地的喇叭前似的，音量越來越大。看到伊琪專注的神情，卡羅琳解釋大麻會使人的聽覺變得敏銳，就連細微的聲響都能聽見。

伊琪想像自己盡情享受游泳，身上每個細胞都在感受冰水的畫面，那天會到來嗎？可是至今卻只覺得它猶如冥王星般遙遠。

睡了六個小時後，就在伊琪精神抖擻地起身時，聽見了叩、叩的敲門聲。她透過貓眼看到卡羅琳端著餐盤站在外頭。伊琪打開房門，看見盤子上有煙燻鮭魚、黑麥麵包、生菜、茼蒿和紅茶。

"I didn't ask for breakfast."（我沒點早餐。）

"It's from the Alaska oriental medical clinic."（這是阿拉斯加韓醫院提供的。）

"Why?"（為什麼？）

"If you don't eat healthy, the treatment doesn't work properly."（說是如果沒好好吃飯，治療就無效了。）

"Who said so?"（誰說的？）

“Dr. Godam”（高譚醫生。）

這份親切令伊琪感動哽咽。

“Breakfast will come every morning from now on. Don’t worry.”（別擔心，往後每天早上都會提供這樣的早餐。）

“Every morning?”（每天早上？）

“Yes.”（對。）

伊琪接過了餐盤。這是高譚表示願意嘗試替伊琪治療的明確信號。

“Hey.”（那個……）

“Yes?”（怎麼？）

“Am I going to be cured?”（我能在這裡治好病嗎？）

“Only Alaska knows that.”（只有阿拉斯加才知道。）

“What?”（什麼？）

“Alaska doesn’t call anyone. This is a place where only people who are called come.”（阿拉斯加不會隨意召喚人，只有受到召喚的人才會來到這裡。）

聽到這意想不到的回覆，伊琪頓時愣住了。卡羅琳俏皮地眨眨眼後，接著關上房門出去了。

伊琪拉開遮光窗簾，大海依然守在它的位置上。好久沒有迎接如此豐盛的早餐了。伊琪將生菜和鮭魚夾進黑麥麵包，做成三明治，接著開始細細品嚐味道。這與被雨水打濕的漢堡完全是不同層次。伊琪慢條斯理地將食物清空。

「睡眠狀況怎麼樣？」

高譚詢問坐在診療室椅子上的伊琪。

「我有睡著，真的好久沒睡著了，還有謝謝您的早餐。」

「啊，只是把我們每天吃的早餐分享一點給您罷了。」

「跟誰吃？」

「我每天會在一樓花園和理斗吃早餐，生菜和茼蒿是自己種的。」

「謝謝您。」

「首先，做有益身體健康的事是最基本的，另外也請抽空跑步吧。身體都僵硬了，要透過跑步來緩解緊張，也必須讓心臟活動才行。在海邊跑步很不錯。」

伊琪點點頭。

「請您在針灸室等候。」

伊琪走出診療室，進入針灸室，看到一張簡易床鋪和針灸用具，就跟候診室一樣簡樸。伊琪靠坐在床邊，先脫下了外衣，接著脫掉了戴在右手上頭的手套和袖套。右手臂上頭盡是粗針留下的傷疤、拔罐痕跡、半途而廢的物理治療機器痕跡，恰似結局一塌糊塗的人體實驗場。隨後高譚進門，於心不忍地望著伊琪的背影。

「我都試過了。要是治療時稍有差錯，感覺就像是蟲子在啃咬骨頭。」

高譚聽著伊琪有氣無力地低語，同時小心翼翼地替她的右手腕把脈。他的動作十分小心，唯恐疼痛感會瞬間湧現。

「現在要開始針灸了。」

高譚開始替伊琪右手臂以外的地方進行針灸。他斟酌脈象，幾度更改了下針處，所有動作都講求安靜有節度。高譚以針灸改變氣血的流動，接著再次把脈觀察其反應。高譚甚至以指尖讀到再細微不過的流動，找出了身體的整體秩序之中哪裡堵塞了。他放下針，轉而拿起鉛筆，散亂無章的筆記停在了一個圓上頭，那是從伊琪最早來到診療室的那天就已經寫下的詞彙。

少女。

「我想來想去，那個少女……」

高譚像在自言自語似的，小心翼翼地開口。

「是的。」

「我得聽聽兩位之間的祕密對話。」

「為什麼？」

說來奇怪，伊琪並不想說出那句話——少女說自己被時差幽靈追殺的事情。見伊琪不作答，高譚跳到了下個問題。

「那麼發生交通事故的時間是幾點左右呢？」

這問題誰也沒有問過，伊琪一頭霧水地回答：

「晚間十點三十分？」

「嗯，原來如此，那天有發生什麼事嗎？」

「咦？這是什麼意思？」

「我是指，發生那起輕微交通事故的那天發生過什麼樣的事。」

「那天就很平凡，大概就是工作到一半，然後我去遛狗。」

「好，每天的行程都很明確呢，那麼有發生什麼獨特的事嗎？有別於平時的。」

「就是被車子擦撞囉。」

「不，被車子擦撞之前。不過為什麼會被車子擦撞？」

「咦？因為我的運氣就很差啊。」

「我明白，當然也因為運氣差，只不過為什麼運氣差會以被車子擦撞的形式體現呢？而且偏偏是擦撞右手臂。」

在伊琪聽來，這問題實在很奇怪。關於運氣差的理由，她應該如何回答？

「這個問題不是應該問芬恩嗎？芬恩說他會算命。」

「感覺您老是在模糊焦點呢。」

高譚將鉛筆遞給伊琪，要求她將事故前後、自己記得的所有事情都寫下來。伊琪以左手笨拙地握住每次高譚都握在手上的那枝鉛筆，在紙張上沙沙書寫的聲音聽起來頗悅耳。

首先回溯至發生事故的前一天。那天伊琪正在趕交稿，所以躺在公司的沙發上閉目養神，到了中午左右起身吃了外送的鬆餅套餐，接著外出去散步。她按照與平時相同的路線去了書店，觀察修圖雜誌的封面後，目光偶然接觸到一本書。那是一本書名為《時差幽靈》的童話書，伊琪當下就感覺到想要拆開塑膠封膜的衝動。若要說有什麼特別的事情，那就是它了，她買了《時差幽靈》這本童話書。

伊琪至今不曾將「買童話書」與「汽車事故」連結在一起。不過就是發生在不同日子的兩件事，高譚卻把它們兜在了一起。

「為什麼讀完那個童話後感到吃驚呢？」

「因為它是我從兒時就知道的童話。明明就在哪兒聽過……可是好怪，記得那個童話的人就只有我，但那天卻出乎意料地在書店看到了那本書。」

高譚靜靜地凝視語無倫次的伊琪，開了口：

「我並不認為金小姐先前遇到的醫生都是錯的，大家都是嫻熟老道的醫生，也各自有足夠的病歷資料庫。」

「可是呢？」

「可是……為什麼總是偏離方向呢？是因為按錯了穴位。因為不明白原因，當然也就沒辦法開處方，所以我才會問起那天的事，因為我們的潛意識就連跌倒時都在發揮作用。」

這一刻，伊琪產生了「那・只・不・過・是・本・童・話・書。」的反抗心態，但就在這時，疼痛感悄悄地從右手掌的指尖升起。發生事故後老是這樣，只要伊琪回想起那個童話，疼痛感就像是按下開關似的瞬間襲來，也因此她才會下意識地想要停止思考。可是，為什麼自己要把這本童話書帶到阿拉斯加來呢？

高譚觀察伊琪瞬間扭曲又再次舒展開來的表情，詢問道：

「想到它就會痛嗎？」

「是的，想到關於它的事情時……有點痛。」

高譚一字不漏地將伊琪說的話寫在診療表上。

「童話書的內容是什麼？」

伊琪直視一臉堅定的高譚。想到萬一疼痛感如波浪般襲捲而來，自己身旁至少有個叫做高譚的韓醫，於是伊琪鼓起了勇氣。她開始以大人的語言陳述自己非想起不可的故事大綱。

一六七五年，格林威治天文臺成立並公開發表標準時間的那天，紳士們為世界遵循自己的標準而志得意滿，紛紛舉杯慶祝。也因此，英國成了零時的基準，世界上出現了各不相同的時差。紳士們享受著自己再次創造世界時間的支配感。

然而，泰晤士河出現了身穿黑色西裝的幽靈。幽靈沒有頭，取代他那張臉的，是一頂倒蓋在頸項上頭、形似「凸」的紳士帽。突然出現的幽靈，導致倫敦陷入了混亂，民眾不禁議論紛紛道，這都怪紳士們擅自支配時間，才會發生這樣的事。

紳士們逼不得已，把平時憎惡的鍊金術士、魔女與魔法師召來，研究關於幽靈的祕密，最後也查明了狀況——在世界以格林威治為基準的同時，時間之間出現了無處可去的數字。一分、五分、十秒、一秒、零點一秒、三十秒、四十秒……單位微小到肉眼所無法捕捉的那些時間，正面臨即將消失的危機！

仔細觀察幽靈，發現「不屬於任何地方」的時間如龍捲風般，被快速地吸進紳士帽，因此，他們把這個幽靈稱為「時差幽靈」。紳士們亟欲將時差幽靈逐出倫敦，最好能將他逐出英國。只要不在英國，他在哪兒都行。

魔女說了，為了安撫幽靈，必須把孩子們當成祭品獻給幽靈。紳士們立即從育幼院帶來孤兒，將孩子扔進了泰晤士河。為了保住小命，孤兒拚命地游泳逃離，但時差幽靈追了上來，試圖將孤兒整個人吸入紳士帽內。

孤兒在水面上揮舞手腳掙扎，而他的手臂最先被吸入了紳士帽。孤兒使出渾身解數想將手臂從紳士帽抽出，手臂卻已慘遭截斷。時差幽靈吃掉了孤兒的手臂，可是——

「請等一下，」

高譚打斷伊琪的話問道：

「是哪一邊？」

「什麼？」

「孩子被吃掉的手臂是哪一邊？」

「不知道。」

伊琪沒想過這個問題。

「可以確認一下嗎？」

「書放在民宿。」

「那請您看了之後明天再過來。」

「還要講童話書的故事嗎？為什麼？」

「您不是說從小就知道這個故事嗎，在還沒看到這本書之前？」

「對。」

「在看到這本書之前，除了您之外，不是沒有任何人知道這個童話嗎？」

「對。」

「那麼這位作者很可能與您擁有相同的記憶。」

「記得相同的童話，能和記憶相同作連結嗎？」

「是的，在我們還小的時候，不管是什麼，不都能編成一個故事嗎？那會不會是某個事件的記憶呢？像是兒時記住了右手臂的痛苦，但隨著身體康復後便徹底遺忘了，但細胞說不定還記得當年的疼痛。」

如今伊琪明白了高譚正在深入挖掘什麼。伊琪從以前到現在所遇見的醫生，都只把疼痛的原因放在「交通事故」的物理性撞擊上頭，高譚卻以其他角度切入。他想說的是，汽車事故這個媒介喚醒了過去的疼痛感，伊琪身上的病痛有著悠久的歷史。

妳雖然抹去了記憶，過去卻沒有忘了妳。曾經有過創傷的身體細胞，終究忘不了當年的疼痛，哪怕妳的大腦再怎麼想要遺忘。

可是伊琪卻沒有與右手臂相關的事故記憶。伊琪的思緒兀自在一團迷霧中徘徊，是高譚出聲，將她拉了回來。

「首先，我想知道是哪一邊手臂。」

6

是右邊。

孤兒被時差幽靈吃掉了右手臂，以及伊琪被疼痛感折磨的右手臂，這會是偶然嗎？伊琪怔怔的輪流看著童話中孤兒被截斷的右手臂，還有自己的右手臂，接著闔上了童話書，直視著封面。作家的名字是駝路，這是一種體型要比汽車龐大，頭上有一對雄偉的掌形鹿角，現存的鹿科動物中最大的動物，同時又稱為犴達罕。以童話作家的筆名來說，算是一個宏偉大器的名字。

這時有人敲了客房房門。她問了聲「請問哪位？」之後，聽見了令人欣喜的嗓音。

「是我，女士。」

伊琪打開門一看，見到芬恩正笑嘻嘻的站在外頭。

「芬恩，你怎麼會來這？」

「您好嗎？我應該沒有亂敲門吧？是卡羅琳把房號告訴我的。」

短短幾天，芬恩的韓語發音精進了許多。

「沒別的事啦，今天我請您喝酒，請出來吧。」

時間超過夜間十點了，伊琪稀里糊塗地搭了件防風外套，跟著芬恩走到房間外頭。

汽車旅館的停車場停了一輛小貨車。

「芬恩，你不是說要喝酒嗎？」

「是的，沒有關係，女士，只要叫代駕就行了。」

「阿拉斯加也有代駕司機嗎？」

「People drink a lot here too.（因為這裡的人也喝很多酒。）理斗有做代駕。」

理斗曾說自己在晚間當代駕來補貼花園的營運費用。

芬恩替伊琪打開後座車門，等到她坐上車，發現副駕駛座有個眼熟的後腦杓，是高譚。

「因為芬恩來看我。」

高譚頭也不回地說道。

「女士，我抓了些補藥，最近的氣變虛了。」

芬恩坐在駕駛座上，邊發動汽車邊接話。

「原來是右邊。」

伊琪對著高譚的後腦杓說道。

「果然是這樣。」

高譚以他特有的淡然語氣回應，同時將頭轉向車窗的方向。伊琪凝視著高譚的目光停駐之處。就在這短短幾秒，小貨車出發了，窗外是無邊無際的大海，以及夜晚卻依然明亮耀眼的蒼穹。

“Madam, do you have a ghost in your right arm?”（女士，幽靈附在您的右手臂上頭是嗎？）

芬恩握著方向盤，一臉開朗地問道。

“Yes, did your Dr. say that?”（是的，是你的醫生說的嗎？）

「不是我說的，是理斗說的。凡事只要進了理斗的耳朵，就會傳遍安克拉治。」

在荷馬，伊琪似乎成了讓人很感興趣的異鄉人。伊琪不以為意地將目光轉向窗外。雖然變化很隱晦，但天色要比昨夜要暗了一些，永晝正逐漸失去它的地位。

他們一走進酒吧，隨即看見掛在牆面上的美國國旗，裡頭白人占了絕大多數。客人們各自點了紅酒或啤酒後回到自己的座位，和其他人閒聊起來。流行老歌的旋律從喇叭傳了出來，自從來到阿拉斯加，扣除說英語這點，本來並不怎麼覺得像在美國，但這家酒吧對伊琪來說倒像個小型的美國。

伊琪跟著高譚入座。

「您要喝什麼？」

芬恩輕鬆愉快地問道，高譚說「隨便一款黑啤酒」，伊琪也點相同的。在芬恩去點酒時，高譚開口說：

「您是怎麼想的？關於孤兒也是右手臂被吃掉的內容。」

「我很好奇寫這個故事的作家。因為是使用筆名，不知道本名是什麼。」

兩人沒有再多做交談。很奇妙，在高譚面前並不覺得沉默讓人尷尬。伊琪能感受到他是個能沉住氣在沉默中等待的人。過了一會兒，黑啤酒送上來了。

「您怎麼會來到阿拉斯加開設韓醫院呢？」

伊琪以左手舉起冰涼的杯子問道。就在那一瞬間，她感受到芬恩在觀察高譚的神色，但這問題似乎早就被問過無數次了，所以高譚本人一臉百無聊賴。

「我很難鉅細靡遺地解釋，是因為有要治療的病患，所以就來這了。」

「所以那人被治好了嗎？」

這時芬恩露出了為難的表情。不知是伊琪的錯覺，又或者是燈光的影響，那一刻高譚的眼神似乎哀傷地閃了一下。伊琪慌了手腳，莫名地大口灌起黑啤酒。A-Ha合唱團的〈Take On Me〉旋律流瀉而出，芬恩冷不防地站起身，配合音樂跳起輕佻的舞步，接著他朝伊琪伸出手，身體扭動的動作彷彿在說「現在就擺脫那個話題吧」。

「Let's dance!」

伊琪擺了擺手，結果芬恩邊扭腰擺臀邊調皮地說道：

「女士您喝的酒不夠。」

「畢竟我是患者。」

身旁的高譚從口袋中取出捲好的菸捲，遞給了伊琪。她收下的同時，一股強烈的大麻香氣刺激著鼻腔。

「是哈希[11]。」

「哈希？這跟上週您給的不一樣嗎？」

「只差在它是濃縮的，沒特別不同。」

伊琪將哈希叼在嘴上，看向周圍，可以看到別桌有些零星的人在抽大麻。高譚說雖然室內禁菸，但在這種偏僻地方的小酒吧，特別是在永晝期間，人們就更少遵守規定了。

想像著不見盡頭的白晝，伊琪不禁想起了沒有截稿期、沒完沒了的修圖作業，驀然體會到有終點是何等珍貴，無論是工作，是時間，抑或是疼痛。

「合法的確很棒呢，還能在酒吧裡頭抽這種東西。」

11 Hash，全名為哈希什（hashish），由印度大麻所榨出的樹脂，形狀多為棒狀、桿狀或球狀。

高譚、伊琪與芬恩輪流抽著一根菸捲。先大口吸入肺部深處，接著屏住呼吸，再緩緩地吐出菸霧。音樂音量越來越大聲，來到了下一首歌，《寵物店男孩》（Pet Shop Boys）的〈Always On My Mind〉旋律在空氣中流淌。伊琪站起身，在原地轉了幾圈，接著開始往上跳。要說她是在跳舞嘛，但那樣子看起來更像在祈神儀式上大肆擺動的薩滿巫覡。伊琪將身體交給震耳欲聾、彷彿要將自己吞噬的音樂，然後在某一刻記憶斷片了。

伊琪在汽車旅館的房間睜開眼睛時，陽光已經大剌剌地照到床上了。她為了搞清楚狀況，左右翻身，卻發現哪裡怪怪的。她摸到自己穿著上衣，下半身卻連內褲都脫掉了。伊琪大驚失色，連忙將棉被往自己身上拉，周圍卻悄然無聲。別說人了，就連隻鼠輩也見不著。

雖然努力想要記起昨夜發生了什麼事，卻只記得自己做了什麼夢。伊琪躺在冰河正中央望著從天而降的雪花，白雪卻突然變成汙穢物，朝伊琪迎面撲來，將她淹沒。這是伊琪生平第一次做這麼凌亂不堪的夢。

伊琪撐起身子，試著想要尋找內褲和長褲，卻遍尋不著，最後她只好換上新內褲和長褲，去了旅館櫃檯。卡羅琳一見到伊琪就慌張地不知打電話給誰，接著要她坐下來等，每當伊琪想開口問什麼，卡羅琳就只會重複叫她等一下。

過了大約十五分鐘，芬恩拿著疊得整整齊齊的褲子和內褲現身，那顯然是伊琪的衣物。

「芬恩，該不會……」

伊琪錯愕地張大嘴巴。該不會自己是和芬恩睡了吧？她差點就要大叫了，不過芬恩用力地連聲說：「No no no!」

「女士，我們之間沒有發生任何事。」

「那為什麼我的內褲和褲子會在你的手上……」

芬恩一臉尷尬地撓了好一會兒腦袋，然後才開口：

「女士，您昨晚有睡好嗎？」

「芬恩！昨天的事我完全想不起來。告訴我，到底為什麼！我的內褲會在你的手上！」

「女士，您出了差錯了。」

「我嗎？什麼差錯？」

芬恩好不容易才開口。

「女士您……尿出來了。」

伊琪整個人僵在原地，過去雖然因為身體疼痛而度過無數可怕的日子，但也沒有像現在這麼糟。

「那麼，是誰……把我的內褲和褲子……」

「再怎麼說，女士，還是高譚比較擅長這件事。」

「是在說擅長什麼啊？芬恩！」

芬恩似乎也很驚慌，說韓語時也不停結巴。

「女士，一切都很好，剛才我在洗衣間遇見高譚。這件內褲和褲子都有洗乾淨，也烘乾了。」

伊琪一點也不好。在這地球上，替自己清洗小便的男人就只有爸爸而已。淚水在伊琪的眼眶打轉，整個人彷彿要垮了似的。

「女士，沒關係，這不是便便，每個人都會尿尿的。」

「這誰不知道啊！問題是誰清理的啊！為什麼要清那個啦！」

芬恩的韓語能力可能已經來到極限，所以開始冷靜地以英語回答。昨夜，伊琪在酒吧時斷片了，暈倒了，是高譚揹起了她。可是就在這時，伊琪尿濕了褲子，原因是哈希刺激了她的膀胱。儘管如此，高譚仍以他特有的淡然，讓伊琪坐在小貨車的後座上。他們抵達旅館後，卡羅琳早已猜到發生什麼事，表示不能就這樣讓伊琪躺在床上，因為尿騷味不容易去除。他們看著脫下來的內褲和褲子，想著誰該負責處理，不一會兒，高譚選擇身先士卒。

“Don't worry. I took off your underwear.”（不用擔心，脫掉妳內褲的人是我。）

在櫃檯的卡羅琳冷不防地丟出一句。

「我該回安克拉治了，女士，You will be fine.（您會沒事的。）」

伊琪無顏做最後的道別，趕緊帶上內褲和褲子回房去了。

連著好幾個小時，伊琪在拉上遮光窗簾的黑暗之中屏氣凝神。不知是宿醉所致，又或者是哈希帶來的影響，伊琪感到頭痛欲裂。她心想會不會有阿斯匹靈，於是來到了櫃檯。卡羅琳一看到伊琪，就把綠茶粉和一瓶雙和湯[12]遞給她，上頭還貼了便條紙。

請將綠茶粉融於熱水，接著混合一瓶雙和湯，喝下之後能減緩頭痛。

以昨夜替自己處理殘局的男人來說，這些文字堪稱溫柔簡潔。但這樣的簡潔卻只刺激了伊琪的羞恥心。伊琪再度上樓回房，將窗戶徹底打開，寒氣一下子竄了進來。隨著永晝的腳步遠離，短短幾天內溫度急速下降。就算在陌生的男子背上尿濕褲子好了，人都來到了阿拉斯加，可不能任由時間白白流逝。而且，伊琪眼前有個必須解開的疑惑。

伊琪翻開了《時差幽靈》的最後一頁，撥了出版社的電話號碼，隨即聽見了親切的嗓音。

「您好，關於《時差幽靈》的童話作家……」

12 韓國傳統藥方，味道略苦，能消除疲勞、增強氣血，亦能預防感冒。

伊琪遲疑了。仔細想想，她並不知道該如何解釋自己尋找作家的目的。我早就知道這位作家所寫的童話內容？我想知道幽靈不是吞下孤兒的左手臂，而是右手臂的理由？伊琪思考著自己該說什麼。隨著沉默的時間逐漸拉長，另一頭喊了一聲：「喂？」

「我很好奇駝鹿作家的事，能不能知道作家的聯繫方式呢？」

「啊！作家有用ＩＧ呀。」

「什麼？」

「Instagram啊。寫在作者介紹的ＩＤ就是ＩＧ的帳號，傳私訊應該就行了。」

「啊，好的。」

事情太過簡單，伊琪反而慌了手腳。

「您還想知道什麼嗎？」

「能請問作家的真實姓名嗎？」

「很抱歉，這個問題也用私訊詢問比較好，因為我們沒辦法透漏個人資料。」

「喔，我明白了。」

「如果您是想申請採訪，親自見面大概會有困難。」

「為什麼？」

「因為作家通常不在韓國。」

通話就這樣結束了。

伊琪在童話書的最前面一頁發現了寫有@moose的ＩＤ。使用Instagram搜尋之後，發現公開貼文上有超過五百張照片，多半都是風景為主的，反而沒有一般作家帳號經常會看到的童話書相關內容或露臉的照片。光從照片來看，也不知道作家是男是女。貼文可以看到各種國家的景色，但因為沒有任何評論，因此無從得知那是哪裡。整體來說，與其說是給別人看的，更像是把Instagram當成記錄帳號。其中的特別之處，就是有手槍照。

伊琪心想著手槍和童話作家好像不怎麼搭，用左手按下了追蹤按鈕，接著開啟備忘錄應用程式，把要傳的私訊內容刪刪寫寫。從冗長的句子開始到單刀直入的句子，最後終於找到了平衡點。

您好，我是住在首爾的金伊琪，年紀是三十八歲。之所以如此具體地表明年紀（雖然您聽了可能會覺得很奇怪），是因為我讀了作家您寫的《時差幽靈》。我曾在小時候聽過這個童話。

我們是不是見過面呢？

傳出私訊後，伊琪就持續處於坐立難安的狀態。她不斷把收件匣開開關關，等待著說不定會收到的回覆。她想做點什麼，突然想起高譚建議她「跑步流點汗」，於是從行李箱取出厚羽絨外套，走到了外頭。

伊琪在海邊的沙灘上跑了起來。大約跑了三十分鐘，遇見了卡羅琳。

"You look like an Innuit, a real Innuit."（妳看起來比因紐特人更像因紐特人。）

相較之下，卡羅琳的穿著打扮顯得輕便許多。

"Is it cold?"（不冷嗎？）

"It's not freezing cold."（還不至於冷死。）

"Isn't it?"（是這樣嗎？）

"It's Homer here at the end of summer."（這裡是荷馬，夏季已來到了尾聲。）

荷馬不是阿拉斯加，要再往北一點才是真正的阿拉斯加。如今伊琪已經很習慣這樣的說法。

"Well, Homer is the place where an Innuit can shop for a can of salmon."（是啊，荷馬是那種因紐特人能到超市買鮭魚罐頭的社區。）

伊琪說得好像自己就是當地的阿拉斯加人，卡羅琳聽了似乎覺得很有趣地笑了。

"I am going to the party tonight. Are you coming?"（今晚我要去參加派對，妳要去嗎？）

卡羅琳可是替自己脫下尿溼內褲的人，面對她的邀請，伊琪無法輕易拒絕。

"Sure."（好啊。）

"OK. Then I will pick you up at 10."（好，那我十點來接妳。）

卡羅琳走向古巴汽車旅館的方向，伊琪則是又再多跑了三十分鐘。一股海鹽的味道隨風飄來，也不知道是從身上、從大海，還是從哪兒傳來的。

卡羅琳在十點敲房門時，伊琪身上穿著因紐特人要去隔壁冰屋玩耍的服裝站著。聽說步行十五分鐘會到派對舉辦的地點，於是伊琪跟著卡羅琳走著，卡羅琳則已經露出飄飄欲仙的表情反覆說著：「我正在享受一場美妙的旅行。」卡羅琳駐足之處，是里斗的花園，伊琪感到很傻眼。

"You said we are going to have a party?"（妳不是說我們要去派對嗎？）

伊琪抗議似的問道，但卡羅琳只連連說：「Let's go.」，走進了一樓。

不知不覺的，花園已悄悄搖身變成了派對場地。在各色華麗燈光底下，不少人在跳舞或大口豪飲。配置在中央的長桌上頭放有啤酒、伏特加、紅酒等各種酒類，以及能用手抓取的簡單點心，里斗則是在某個角落做工粗糙的簡易攤位內當起ＤＪ。里斗之所以能在阿拉斯加把代駕當成副業，就是因為經常會舉辦這樣的派對。

卡羅琳一邊熱舞一邊脫掉了外套，裡頭穿著極為緊身、不小心就會走光的紅色洋裝，但仔細一看卻發現是細肩帶輕柔襯裙。因為長度很短，卡羅琳的舉手投足都會看到與絲襪相連的吊帶若隱若現。

伊琪這才觀察起周圍的人群，參加派對的人都在外衣裡頭穿著睡衣，差別只在於是否引人遐思罷了。這是一場百聞不如一見的睡衣派對。

一個身形龐大的藍色小精靈朝著呆愣站立的伊琪走來，定睛一看是上下都穿著藍色睡衣的高譚。這是尿濕事件後兩人第一次碰面。

「怎麼沒來診療？」

因為無處可躲，伊琪只能整個人凍結在原地，高譚伸出了手。

「我把一下脈。」

伊琪伸出左手，高譚替她把起脈。

「脈搏比先前有力呢。」

「這是什麼派對？」

「為里斗舉辦的慶祝派對。」

高譚說這是慶祝里斗成功將大麻從雄性改變為雌性的派對。伊琪望著正在簡易攤位上瘋狂跳動的里斗，心想他真是個不可多得的多功能人才。

時間越晚，花園的人潮越顯擁擠，伊琪縮了縮身子，擔心右手臂會在人群中被撞到。

「我覺得……」

「右手臂很危險吧？一起走吧。」

「沒關係，至少現在還是永晝。」

「永晝可不代表是大白天。」

高譚走在前頭，伊琪跟著出去了。兩人邁開靜謐緩慢的步伐，沿著海邊朝古巴汽車旅館的方向走著。波浪聲輕輕傳來，兩人之間流過尷尬的沉默，伊琪想到什麼就隨口說了出來，打破這寂靜的流動。

「聽說美國有這樣的說法吧？罪犯要不是逃到墨西哥，不然就是阿拉斯加。」

「看來您看了太多美劇了，嗯……美國人自然不會跑到南極去囉。」

「那麼醫師您為什麼來到北邊呢？明明又不是美國人。」

「這個嘛，自然不是被召喚來的囉。」

「有人是被召喚來的嗎？」

「里斗就是這麼來的。」

高譚說，里斗才真的是受阿拉斯加召喚來到此地的人。

里斗原是日本電力公司的公務員。日本發生大地震時，家被海嘯給捲走了。當天他出門上班去了，妻子待在家裡，海嘯就這樣帶走了他的妻子。因為被捲入大海，所以就連屍身也找不著。里斗不懂為什麼這種事會發生在自己身上，因此想要尋死，可是卻偶然看到了在網路上流傳的照片。那是在阿拉斯加海域上漂流的自家門牌，門牌上頭清楚地寫著里斗和梨九。當時潮流是朝北方前進，那一刻，里斗確信是妻子召喚他前往阿拉斯加。

里斗向來很尊敬植村直己，此人是探險家的傳說，在七〇、八〇年代曾登上聖母峰與吉力馬札羅山等世界五大洲最高峰，駕著狗拉雪橇，獨自完成環繞一萬兩千公里北極圈的壯舉。他在駕馭狗雪橇的途中扔掉了十公斤的無線電，把狗兒要吃的糧食載到最後的軼聞也很知名。他在那趟旅程中失蹤了，自此再也沒有人找到他。

梨九平時總說，若是去了北極，似乎就能在風雪之中遇見植村直己的靈魂。如今里斗深信，梨九的靈魂就在阿拉斯加的風雪中遊蕩。每當冬天到來，開始颳起暴風雪時，里斗就會問高譚：

「高譚桑有勇氣丟掉十公斤無線電嗎？」

高譚害怕里斗會奮不顧身地衝進暴風雪之中，所以總會安撫似的說道：

「里斗，與其丟掉無線電，你減重是不是更有效率？」

但里斗至今仍未能成功減重，故事也只能寫下苦澀的結局。兩人不知不覺中抵達了古巴汽車旅館前面，伊琪小心翼翼地吐露在內心盤旋不去的問題。

「您不是說有要治療的患者，所以才來到阿拉斯加嗎？那是誰呢？」

「我太太。」

「啊……原來如此。」

「明天請來診療。」

高譚送伊琪到門口後便轉身離開。

伊琪本來心想，自己現在也習慣了獨自待在旅館房間，但說來也奇怪，聽到高譚說有太太的事情後，卻萌生一股孤獨感。她趕緊要自己想點別的。

於是，在伊琪的腦海中，出現了在漫天白雪的土地上駕駛狗拉雪撬奔馳的植村直己。狗群逐漸感到疲累，糧食與無線電的重量令牠們吃不消，植村直己開始苦惱重達十公斤的無線電與糧食之中應該丟掉何者。若是丟掉無線電，迷路時就沒人找得到他了。最終，他丟掉了無線電。

雖然無從得知他是否真的丟掉了無線電，但伊琪心想，總有那麼一次，他會想嘗試向那個人類世界傳送無線電吧？即使永遠無法回到那個世界，是否也會想最後一次聽聽某人的聲音？

伊琪忽然很想傳送無線電給在空中漂泊的任何人，告訴他——

「我在這裡。」

7

聽到鬧鈴聲響起，伊琪打開了手機，現在還是上午，畫面上跳出一則私訊。

——我的名字是朴紗裕。妳有印象嗎？

這個名字不存在伊琪的記憶之中。

——抱歉，我們見過面嗎？

伊琪捲了根大麻菸捲銜在嘴上，來到了外頭。對話視窗的另一頭不斷出現刪節號又消失。對方似乎在猶豫什麼，最後傳送的訊息寫了令人訝異的內容。

——為什麼事到如今才來找我？

——妳認識我嗎？

伊琪很快地反問。

——右手臂現在還好嗎？

伊琪的全身瞬間起了雞皮疙瘩。這個叫做朴紗裕的人知道關於伊琪右手臂的事情，說不定還比她知道得更詳細。

——妳是從什麼時候開始知道關於我右手臂的事情？

——從妳很小的時候。

對方從多年前就已經知道。

——妳是誰？

——妳果然忘了。我早料到會這樣。

——能見個面嗎？

——沒關係，千萬要忘掉，至少妳要忘記。

沒關係，忘了吧。看到這回答，伊琪頓時整個人凍結了。她完全不知道對方在說什麼沒關係，又是要她忘記什麼。

之後伊琪又傳了幾次私訊，但上頭都只標示「未讀取」。她心急得都快瘋掉了。伊琪盡可能摸索最久遠的記憶，也很努力想要記起自己的人生中是否出現過「朴紗裕」這個名字，但無論怎麼想都想不起來。朴紗裕並不是常見的名字，倘若能見到面，大腦的某處必然會有殘存的記憶。經過深思熟慮，伊琪傳了一篇長文訊息給母親朴女士。

「我人還在阿拉斯加，現在情況緊急。我很難說明情況，但幫我把國小到大學畢業紀念冊最後面的通訊錄拍給我。」伊琪又追加寫道，「不，就連幼兒園的畢業紀念冊也一起。」

平常很沉默寡言的女兒，卻跑到異國，而且還是阿拉斯加，突然說有非常緊急的事，這讓朴女士也忍不住擔憂起來。伊琪並沒有跟家人說起複雜性局部疼痛症候群的事。她不想提起這個就連保險也不給付的病名，惹得家人焦慮不安，所以只說自己是來阿拉斯加出差的。

在韓國的朴女士將包含幼兒園在內的所有畢業紀念冊都拿出來，撢去灰塵，再將最後一頁的全校學生通訊錄拍下來傳給伊琪。雖然順序有些紊亂，但每一頁都沒有遺漏。伊琪將照片放大後尋找朴紗裕這個名字，可是卻沒找到；不管確認幾次，結果也都一樣。伊琪究竟該在人生中的哪一處尋找朴紗裕這個名字？

伊琪無力地端詳朴紗裕的 Instagram，感覺她真的是個四處跑的人，偶爾在某張照片上會出現舉目皆是白雪的風景。

伊琪沒有事先預約就直接來到了阿拉斯加韓醫院，她想和高譚聊聊這個情況，不管三七二十一就加入了漫長的等候隊伍。

完成診療的黑人病患把好幾張百元鈔票放入錢筒後離開了。是抓了補藥嗎？伊琪留心觀察起這些病患，之後也有些人支付了大筆診療費後離去，也有看起來像是附近居民的白人小朋友進來，沒有接受診療卻丟了零錢進去。這家韓醫院支付診療費的方式確實與其他地方不同。伊琪從座位上起身，看了看寫有 You pay here 的錢筒背面，上頭寫著 The Alaska Searching——Party Donation。伊琪非常訝異，這才知道它是捐款箱。

這時在診療室的高譚喊了伊琪的名字。伊琪放下錢筒，趕緊走進了診療室，接著開門見山地說了來意。

「寫《時差幽靈》的作家知道我右手臂的事，但我卻沒有半點記憶。」

高譚只是不聲不響地注視急著把話說出口的伊琪。伊琪說那位作家的名字叫做朴紗裕，說她用 Instagram 私訊和作家有過簡短對話，但因為沒辦法與對方繼續聊下去，因此快憋死了。她還補充說，感覺朴紗裕什麼話都不會對自己說，自己彷彿踏入了不知是誰所設下的陷阱，必須解開謎團，可她連自己置身何處都不曉得。高譚面對感到混亂不已的伊琪，沉著明瞭地答道：

「那麼，就去詢問鯨魚吧。」

「什麼?現在說的是我所想的那個鯨魚嗎？」

「是的，哺乳類的鯨魚。」

「要向鯨魚問什麼？」

伊琪雖然至今曾多次覺得高譚說的話荒謬，但這次真的難以控制自己的表情。說什麼鯨魚啊！

「那個人，朴紗裕是吧？不是說從小就認識您嗎？那表示您的記憶中也有那個人才對。」

這話是有道理，只是跟鯨魚有什麼關係？伊琪只感到無比荒謬。

「向鯨魚詢問您的記憶吧。」

高譚說今天是星期六，診療比較早結束，約伊琪稍後在主教海灘碰面，並說只要沿著海灘走，就會看到兩人要搭的藍色皮艇。伊琪雖然啞口無言，但也沒理由說自己不去。此刻就算不是鯨魚，只要能抓著什麼都好，她也想問個清楚明白。伊琪趕緊走出了韓醫院。

伊琪來到旅館櫃檯，詢問卡羅琳是否有保鮮膜，說自己要去海邊，需要能包覆右手臂和右手的防水用品，同時也再次確認，高譚說要去向鯨魚詢問記憶，指的是真的鯨魚嗎？

"Yes, the real whale."（是真的鯨魚。）

"Isn't this a metaphorical expression?"（這不是一種隱喻？）

卡羅琳將整個保鮮膜遞給伊琪，語氣強烈地強調：

"Nope!"（不是！）

伊琪回到房裡，在自己的右手臂和右手上包了好幾層保鮮膜。要是早點知道，自己就會餓個幾餐以防止暈船了。

她在主教海灘閒晃一會兒，看見了兩人要搭的藍色皮艇。皮艇藍得就像大海及其保護色。伊琪靠坐在皮艇邊緣，突然對於要搭乘它出海感到茫然。竟然是鯨魚。她覺得跑到這裡來的自己像個十足的傻瓜。就在她考慮要不趁現在就此罷手，偏偏看到在那遠處，高譚的雙手各拿著一根約莫兩公尺的木製划槳走來。

「可是我會暈船。」

說時遲那時快，高譚從工具包取出黑色塑膠袋。

「我就知道會這樣，所以帶了塑膠袋。皮艇也可能晃得很厲害，我偶爾也會吐，要看情況。」

「應該沒有人搭皮艇出海卻掛掉的吧？」

「應該有喔。請上去吧。」

高譚不以為意地說道。伊琪貌似對此答覆不滿意，小心翼翼地爬到皮艇上坐下，高譚隨即使勁將皮艇推向波浪的方向後，自己也迅速地坐了上去。高譚持續划槳，皮艇也逐漸朝著茫茫大海前進。每當海水濺上時，伊琪就會縮起右手臂朝身體靠得更近。看到伊琪像隻受傷的鳥兒般蜷縮身子時，高譚就會靜悄悄地鬆開握槳的力道。即便在沒有划槳的時候，皮艇也隨著波浪悠悠地漂浮出去。

高譚的動作渾然天成，彷彿與皮艇合而為一。兩人朝著貌似北方的雪山持續前進，但由於眼前綿延的雪山氣勢巍峨，因此無法拿捏準確的方向。

不知距離陸地多遠了，皮艇在不知不覺中來到了眾多冰河碎片的聚集處。從冰山上頭墜落的各種大大小小冰河碎片在大海上游泳。在深藍色海洋上頭看到的冰河，與其說是白色的，反而更接近玉色。伊琪想起了兒時奶奶戴在手上的大型玉戒指。抵達此地後，彷彿阿拉斯加的夏季也跟著完全畫下句點似的，滲入骨髓的寒氣環繞著他們。高譚看到伊琪在凍人的空氣中把身子蜷縮得更緊，像是要緩解緊張感似的說道：

「鯨魚會共享靈魂。若是鯨魚Ａ發生了什麼事，鯨魚共同體會感知到這件事；若是鯨魚Ｂ得知了新的故事，也同樣會分享給所有同類。」

「真的嗎？」

「這個嘛，我是從別處聽來的。」

伊琪一臉沒好氣地反問：

「從哪裡？」

「從因紐特人朋友身上。我還聽到了別的。」

「不，不用說了。」

「聽了應該對您有用。」

高譚的性格中隱約帶著鍥而不捨的一面。

「那就請說吧。」

「就是那位朋友的部落是如何知道那個祕密的。」

「怎麼知道的？」

「那個部落自古以來以捕鯨維生，他們會食用鯨魚肉，剩下的骨頭拿來打造墳墓，稱之為鯨魚之墳。聽說如果在那墳墓裡頭睡覺就會做鯨魚夢，裡面訴說了關於牠們的祕密，所以那個祕密也就傳承給人類部落了。」

「鯨魚之墳在哪裡？」

「聽說在誘捕線另一頭，杳無人跡的地方。」

「您見過嗎？」

「有啊。」

「那裡有什麼？」

「雪吧？」

「就這樣嗎？」

「北極的冰河融化後，藏在雪中的幽靈也都會甦醒。」

「這是冰河融化後，古代病毒會甦醒的隱喻嗎？」

「不是，病毒歸病毒，靈魂歸靈魂。」

這對伊琪來說很難理解。

「氣候危機就另一層意義來說，也是靈魂的危機。」

「誰的靈魂？」

「所有人類的靈魂。」

「好宏偉、規模好龐大，不愧是北極呢。」

高譚拿北極來吹的牛皮，伊琪聽了只覺得無聊乏味。

轉眼間，他們碰上了無風地帶。風完全止息，海面上平靜無波，皮艇的速度也減緩了。高譚努力地划槳，將皮艇停在扁平的冰河旁，接著他從背包取出冰爪，遞給伊琪。

「把它穿在鞋子上頭。」

伊琪雖然感到詫異，但仍按照高譚說的穿上冰爪。

「現在請先爬到冰河上頭，我會幫忙維持皮艇的平衡。」

伊琪這才看出將皮艇停在冰河旁的理由，頓時錯愕不已。

「現在是要我站到那上頭嗎？」

「是的。」

伊琪盯著為了維持平衡而緩緩移動身子的高譚，最後逼不得已，只好伸出單腳踩在平坦的冰河上頭。因為能直接感覺到腳底下的海浪在晃動，所以雙腳跟著搖來晃去。好不容易把另外一隻腳也移到冰河上頭，這時高譚提著一根划槳，動作熟練地站到伊琪身旁。接著，他趴在冰河邊緣，把兩根划槳的一半高度浸在海水中，然後朝站得很彆扭的伊琪說：

「請過來這邊，用爬的。」

伊琪慢慢地彎下雙腿，像青蛙一樣趴了下來，接觸到冰河的右手臂和右手開始有疼痛感。伊琪舉起右手臂，單憑左手爬到了高譚身旁。見伊琪靠近，高譚把耳朵貼在露出水面的划槳上頭。

「醫師，現在您打算做什麼？還有為什麼要把耳朵貼在划槳上呢？」

「噓！我們在這裡等。」

「等什麼？」

「噓！」

伊琪的話還沒說完，高譚就做出手勢要她安靜，因此伊琪只能不明所以地閉上嘴巴。高譚將嘴巴靠近划槳，發出「咻嗚——嗚——咻嗚——」具有特定節奏的口哨聲，然後停了下來。接著，他開始說起讓人聽不懂的語言。他是以划槳為媒介，將聲音傳達給大海。之後，他要伊琪也將耳朵貼在划槳上頭。

當伊琪將耳朵貼在冰冷的木製划槳上頭，隨即聽見了「噓嗚——」之類的風聲。她閉上雙眼專注聆聽，這時風聲很快轉變為「嗚嗚嗚嗚咿咿——嗚嗚——嗚嗡——」、彷彿從木棺內響起的聲音。伊琪不懂究竟是為什麼要做這種危險至極的行為，慢慢地變得神經質，眉頭也不自覺鎖緊。

「醫師，我要走了。」

「專注。」

「這是在幹什麼？將船停在冰河上頭，但只聽到風聲而已啊。」

「等一下，要沉著冷靜，鯨魚還沒有說話。」

「是在說可以從這些划槳聽到鯨魚的聲音嗎？」

伊琪雖然心生懷疑，但看到高譚絲毫沒有把她說的話放在心上，依然全神貫注的模樣，於是再次將耳朵貼在划槳上頭，閉上了眼睛。她感覺到「嗚嗡嗡——」的聲音後頭還有震動，是鯨魚的震動碰觸到划槳。在某一瞬間，那震動進入了伊琪的耳朵，更進入她的大腦，在海馬迴發出了「哐！」的巨響。就在此時，一個陌生男子的聲音鮮明地竄入伊琪的耳朵。

"I love your ghost."

伊琪打了個寒顫，不自覺地放掉了自己提在手上的划槳。

「哦，對不起。」

相較於驚慌的伊琪，高譚倒是顯得一派泰然。他從口袋拿出手機，不知打電話給誰。

「我現在在冰河上頭，但弄掉了划槳。嗯，我和伊琪桑在一起。嗯，在哪個冰河啊？要說明還真有點難。只要從主教海灘以直線前進應該就行了。對，就是有很多冰河的那個地方，來這裡一趟，ＯＫ？阿里嘎都勾札伊媽斯。」

結束通話後，高譚又像是在暗示伊琪跟過來似的看了她一眼，然後爬到冰河的中心地帶坐了下來。伊琪也提起右手臂爬了過去。高譚和伊琪在冰河中央盤起雙腿面對面坐著，感受著細微的晃動。

「現在只要等待就行了。」

高譚從背包拿出兩罐鋁箔包的燒酒，將一罐遞給伊琪。

「對不起。」

伊琪接過燒酒，再次道歉。

「沒關係，喝吧，身體會暖一些的。這個在這裡可是比威士忌還珍貴。就算去了安克拉治的超市，也要十美金才能買到一罐。最近可能還更貴呢，因為通膨的關係。」

「什麼？這麼貴嗎？」

「這就是燒酒在阿拉斯加的價值囉。」

伊琪小心翼翼地撥開鋁箔包的封膜，接著灌了一大口，一股熱流從喉頭滑順地溜了下去。

「真想念鮮蝦泡麵呢。」

高譚喃喃自語道。

「我更喜歡天婦羅海鮮烏龍麵。」

「您認為鮮蝦泡麵跟天婦羅海鮮烏龍麵能拿來比嗎？沒有什麼杯麵比鮮蝦泡麵更優秀的了。」

「您試著在天婦羅海鮮烏龍麵放入辣椒粉和雞蛋看看，超好吃的。」

伊琪邊吞嚥口水邊用力說道。

「又或者吃小碗的，兩種口味都吃不就行了嗎？」

「這樣味道就會被稀釋了，兩種味道混在一起。」

「也對。」

結束鮮蝦泡麵與天婦羅海鮮烏龍麵的簡單爭辯後，高譚進入正題問道：

「您剛才是被什麼嚇到？」

「啊……剛開始我感覺到震動，可是之後，我聽見了人的聲音。是個男人……但我也搞不清楚，只知道是個男的。」

「是聽過的聲音嗎？」

這問題很難回答，好像聽過，又好像沒聽過。伊琪帶著毫無把握的表情直灌燒酒。她很清楚地記得聽到那聲音時的感覺，彷彿遺忘多時的惡魔回來似的，身上起了雞皮疙瘩，所以她趕緊轉移話題，想要將那個聲音抹去。

「請說那個故事給我聽，您如何和太太來到阿拉斯加。」

「有short version（簡短的版本），也有long version（長的版本），要聽哪一邊？」

「長的版本？」

「有點瑣碎。」

「有哪個苦衷不瑣碎的呢？」

「我原本在首爾經營韓醫院，大約十年前吧，太太的異位性皮膚炎復發了，很嚴重。她小時候症狀曾經消失，但婚後又復發了。能用的皮膚科藥物都試過了，甚至還拿到臨床藥物來試用，卻只帶來了更多副作用。斷藥後，因為皮膚已經癢到一刻也沒法睡覺的程度，所以我太太辭掉工作，後來一直待在家裡，慢慢地難以過正常的生活。我們很努力想要查出原因，後來得出了體質不適合韓國氣候的結論，也有人抱持把皮膚炎視為風土病的觀點。所以，我們決定依照太太的體質前往寒冷的國家，之後來阿拉斯加旅行一週左右，發現異位性皮膚炎的症狀好轉了。我們欣喜若狂，馬上就結束在韓國的生活，來到了阿拉斯加。我在安克拉治的韓國人社區內租了一個店面，重新開始經營韓醫院。太太好轉的程度令人吃驚，不過三個月異位性皮膚炎的症狀就完全消失了。回頭想想，當時是最……」

接著高譚有好一段時間沒有說話。

「最幸福嗎？」

高譚轉過頭凝視前方。

「是錯覺最嚴重的時候。」

「為什麼？」

「從那時……」

It's beginning to hurt.（開始痛了。）高譚用若隱若現的吟詠聲調說道，這時再次吹來一陣強風。冰河某處出現裂痕的聲音與高譚的說話聲參雜在一起，就在凍結數萬世紀之物碎裂、融化的期間，高譚說的話語緩緩地四散開來，朝著冰河的某處。

「伊琪小姐，若是準確按到穴位，可能會比想像中更痛。」

「診斷準確無誤不是件好事嗎？」

「因為要不要接受，全取決於患者的意志。換句話說，若是真相太令人痛苦，也可能無法正視它。」

伊琪心想，就算真相再怎麼痛苦，也好過身體上的病痛。這時遠處傳來呼喊「Doctor!」的聲音。里斗一邊划皮艇靠近冰河這側，一邊揮著手。

"Hey! Moody evening kayaking!"（夜間划皮艇讓人心情愉悅呢！）

里斗將皮艇停在冰河旁邊。

「Nice parking!（泊船技術很好！）里斗，伊琪小姐就拜託你了。」

伊琪抓住里斗伸出的手，踩上皮艇，同時視線望向高譚。

「醫師您呢？」

「我多待一會再走。」

轉眼間夜幕落下，波浪也越顯張狂。

「沒關係嗎？冰河上也搖晃得好厲害。」

「伊琪桑，高譚思冰河專家喔。」

等到伊琪和里斗的皮艇漸行漸遠，高譚從背包中取出了水下聽音器，接著將超過七公尺的電線放入水中後，啟動裝置並戴上了耳罩式耳機。等待一會兒後，清楚地聽見了鯨魚的聲音。鯨魚以聲音進行溝通的哨音聽來像是「嗶悠嗶悠」，不知道是否牙齒也互相撞擊在一起，同時也聽見了喀哩喀哩的聲音。然後，像在回答高譚的提問似的，聽見了「咕喔喔喔——」的聲響。高譚立刻按下了錄音鍵。

另一方面，「I love your ghost.」（我愛妳的幽靈。）的聲音在伊琪的腦海中盤旋不去，導致她在床上輾轉難眠。她很確定那是儲存在記憶某處的聲音。

這時高譚傳來了訊息，是一個音檔，長達兩小時，表示伊琪回到陸地上之後，高譚還在冰河上獨自待了兩小時。她點下檔案後，從深淵傳來的波浪聲與低沉的音波混雜，形成了獨特的和弦。咕喔喔——嗯波哦哦——嗯波哦哦——聲音緩緩地擴大，伊琪被吸進了更深沉的深淵裡。

驀然，伊琪感覺到自己雖然沒有拉上遮光窗簾，周圍卻變暗了。永晝已經幾乎退去了。伊琪的心思被充滿房間的聲音震懾住，被它吸入的同時又往下朝更暗處去。深淵的底層某處傳來孩子們嘰嘰喳喳的聲音。

——還是德古拉最帥了，你那是什麼服裝啊？

——我是陰間大法師。

——我是棉花糖寶寶。

——那是什麼？

——《魔鬼剋星》有出現啊。

——妳呢？

——《阿達一族》的星期三。

——哇，文具店有那個喔？

——沒有，我媽媽幫我做的。

——不過那是什麼啊？有那種幽靈嗎？

——我也是第一次見到。妳是什麼？

——時差幽靈。

——時差幽靈是什麼？哪有這種幽靈？

——對啊，又沒有這種幽靈。我第一次聽到。

——你們當然不知道了！這是伊琪和我創造的！

她再次聽見了那男人的聲音。說出「I love your ghost.」的那個聲音。

——Hey! Kids. Don’t speak Korean here. English please!（孩子們，你們不要在這裡說韓語，要說英語！）

再次出現的那個聲音讓伊琪跳到了深淵外頭。一睜開眼睛，她依然置身黑暗之中，但再也沒有聽到鯨魚聲了。伊琪起身，把水注入咖啡壺中煮沸，然後一邊喝熱開水，一邊試圖整頓腦中的混亂思緒。這擺明了是「伊琪的記憶」。

她聽見了孩子們的聲音。陰間大法師、德古拉、星期三，甚至是時差幽靈，孩子們都在講關於扮成幽靈的事情。這樣的日子想必是萬聖節，還有宛如惡魔般的男人的聲音，他要求孩子們說英語，不要說韓語，這是為什麼？

伊琪還小時，韓國還不是會過萬聖節的年代，頂多會在梨泰院酒館或美軍部隊開派對罷了。再說了，那發音也不是三腳貓的英語。那麼，那個記憶不是在韓國嗎？但無論翻遍整個腦袋，都沒有自己曾去外國的記憶。會不會是在自己非常小的時候？一想到這，伊琪想起了能替自己確認這件事的人。

伊琪估算了一下十八小時的時差，迅速地用 KaTalk 打了電話，在一陣響亮的鈴聲後，聽見了一個慵懶但令人高興的嗓音。

「媽！」

「妳還在阿拉斯加啊？」

另一頭朴女士的聲音聽起來很不真實。

「嗯。」

「既然去了，就看個極光再回來。我看《世界主題之旅》那個節目啊，極光怎麼美成那樣。光從畫面看都覺得美了，實際看到不知道有多棒啊。」

電話另一頭傳來的熟悉聲音令伊琪感到安心，但她又擔心電話會拖太長，急忙進入正題。

「媽，我曾經在還是寶寶或其他時期去過國外嗎？」

「都沒有。」

「也對，我們家不可能讓孩子早早就受留學教育。」

聽到這句話，朴女士貌似委屈地反駁道：

「喂、喂，妳可別說這種令媽媽傷心的話。想當年我可是把妳送去社區內最貴的英語幼兒園，還因此得去打工，所以妳現在才有機會去國外出差。」

伊琪是第一次聽說這件事。

「我有唸過英語幼兒園？我不是讀公立幼兒園嗎？連翹花班。」

「那是妳畢業的幼兒園，妳原本是讀私立的。」

「為什麼……換了幼兒園？」

「媽媽也希望妳可以在私立幼兒園畢業啊，當年英語幼兒園並不常見嘛。因為那裡有外籍老師，所以學費非常貴。」

「所以我為什麼沒唸了？」

「妳突然說手臂會痛啊。去了醫院，醫生說沒有任何異常，但妳一直喊痛，後來就說不想去幼兒園了。妳說其他孩子都很會說英語，覺得自己很丟臉，當時不知道有多傷心呢。」

「是哪一隻手？」

「嗯……對了！是右手，當時妳說連鉛筆都握不了。」

伊琪握著手機的手顫抖個不停。她之所以無法在所有畢業紀念冊找到朴紗裕，是因為她還讀了一所沒有順利畢業的幼兒園。

「媽，有我當時唸那所幼兒園的照片嗎？」

「沒有。」

朴女士斬釘截鐵地說。

「為什麼？」

「小姐，妳不是都燒掉了嗎？」

「我？」

「是啊，妳在後院把那珍貴的私立幼兒園照片都燒掉了，明明也沒幾張。」

「我？我為什麼那樣做？」

「就算妳是從我肚子裡生出來的，我也不懂一個六歲的孩子為什麼要玩火啊。」

「不過應該不是全部吧？媽，真的一張也沒有。」

「是啊，就說妳全燒光了！」

「那所幼兒園叫什麼？」

「等等，是叫什麼？好像是格林威治的樣子。」

聽到格林威治這幾個字，伊琪手上的手機頓時掉到了地上，她覺得自己終於遇見了尋找多時的碎片。空氣中響起朴女士的聲音。

「不過妳怎麼老是在問以前的事？喂？喂？」

伊琪費力地撿起手機，她並不想讓朴女士擔心。伊琪收拾好心情，盡可能以輕快的口吻回答：

「沒有啦！媽，妳知道復古風吧？最近攝影界很流行這種風格，我在找各種資料時想到的。」

「我當然也知道復古風，不過復古風為什麼要跑去什麼阿拉斯加，真是的。」

「媽，謝啦，我再跟妳聯繫。」

伊琪擔心自己內心的恐懼會露餡，急急忙忙掛斷了電話，接著用手機搜尋格林威治英語幼兒園。搜尋結果出現了各式各樣的英語幼兒園，於是伊琪重新加入了「一九九一年，英語幼兒園，格林威治，首爾市，九老區」的相關關鍵字，但結果仍差不多，她必須找到能準確瞄準箭靶的字眼。

這時，她想起了萬聖節。如果是有外籍教師的英語幼兒園，會不會舉辦萬聖節派對呢？伊琪加入「萬聖節」後再次搜尋，雖然篩選出幾篇報導，但還是沒有伊琪想要的內容。就在她徬徨於眾多關鍵字之際，想起了童話書。

她翻開了《時差幽靈》，心想這裡頭說不定會有線索，但就算仔細讀了每個句子、每一幅插畫，也不見任何適合當成關鍵字的字眼。整體來說就只有一堆名詞。孤兒、紳士、魔女、幽靈、鯨魚，全都是具有象徵性的角色。

伊琪翻開第一頁，有個用很小的字體寫成，所以先前錯過的句子映入眼簾。

——艾力克斯·貝倫，致被他吃掉的孩子們。

就位置來說應該要寫上獻詞，但這句話卻令人不寒而慄。看起來既像是給「艾力克斯·貝倫」的警告，同時也是對「孩子們」獻上哀悼。伊琪再度輸入關鍵字。

「一九九一年，英語幼兒園，格林威治，首爾市，九老區，艾力克斯·貝倫」，接著多篇相關報導跳了出來。基本上都是兩年前上傳的，伊琪仔細地讀起報導。

這名男子名為艾力克斯·貝倫，五十七歲，居住於美國內華達州。他因猥褻社區的孩子們而遭到逮捕，後來警方在對他的手機進行科學鑑定時，發現了各種國籍的孩子被拍下的變態照片。檢方以這些照片為證據發出拘票，展開正式偵查，後來在搜索他的住家時出現了猥褻兒童、對兒童施暴的各種照片和錄影帶。依此推斷，從三十年前他在世界各國擔任英語老師時，就已經犯下多起犯罪事件。

時隔三十年，國際刑警組織展開行動，美國與相關國家警方攜手合作，發現了世界各國的受害者，其中也包括了大韓民國。當時艾力克斯・貝倫在首爾市九老區的格林威治英語幼兒園工作兩年左右，韓國警方則從當年就讀格林威治幼兒園的孩子們（如今已長大成人）口中，取得了遭受「那種事」的證詞。

那種事。

伊琪的目光駐足在「那種事」上頭許久，然後接著往下讀。

兩年前，伊琪之所以被排除在事件調查之外，是因為警方只確認格林威治幼兒園的畢業生名單。艾力克斯・貝倫在被逮捕到案前就逃逸了，至今仍在公開通緝中。

要在網路上找到他的照片並不難，依警方公布的資訊，光是遭他毒手的孩子就超過百名，而未遂事件也同樣在調查中。這件事與伊琪的疼痛症狀相同，都是現在進行式。

伊琪打電話給兩年前當時負責該事件的地區警察局，並詢問「一九九一年格林威治幼兒園的艾力克斯・貝倫事件」的專案刑警是誰。稍後，警方替她與李明憲刑警連線，他從兩年前至今都擔任此案件的總指揮官。

「我好像也是受害者。」

雖然這名刑警詢問能不能見面，但伊琪回答自己目前人在國外。刑警再次詢問伊琪能不能把自己當年的記憶說出來，原本遲疑不決的伊琪，這時如瀑布般滔滔不絕地說起當年的事。

那天，格林威治幼兒園舉辦了萬聖節派對。

萬聖節派對結束，孩子們接二連三地回家，只剩那天放學比較晚的卡士柏與時差幽靈留了下來。她們想盡快離開這所幼兒園。雖然沒辦法解釋，但艾力克斯．貝倫看她們的眼神令人很不舒服。因為他向來只講英語，所以無法準確得知他在說什麼，但可以充分感覺到那是一種與性相關、黏膩纏人的眼神。那時，他朝著兩個孩子靠近，邀她們在等待的空檔玩醫生遊戲。他直央求說要玩遊戲，讓人分不清楚到底誰才是孩子。

卡士柏與時差幽靈逼不得已，只能和艾力克斯．貝倫玩起醫生遊戲。他真的玩得十分盡興，直到某一刻，貝倫緊緊抓住孩子們纖細柔弱的右手臂，用橡皮圈纏住，力道緊得血液無法流通。接著，他取出針筒猛地刺進孩子的手臂。針筒上的針隨即就插入了皮膚，卻沒有留下任何痕跡。那是一般韓醫院所使用的針。因為很細很薄，就算插在皮膚上也不會造成任何傷痕。

艾力克斯．貝倫平常會隨身攜帶這類細針，這是他在摸索如何能不讓人看出來，但又能造成孩子們痛苦的方法時發現的。

他輪流看著卡士柏與時差幽靈的手臂，同時刺得更用力了。這已經不再是遊戲，而是一場拷問——若是不滿足他，就會永遠持續下去的拷問。孩子們露出恐懼的眼神望著他。

「我不要打針。」

“Does it hurt? Do you want an injection in your hip?”（會痛嗎？妳要打在屁股上嗎？）

見時差幽靈沒有聽懂，他轉而催促卡士柏。

“You understand, don’t you? Please translate for her.”（妳聽懂了吧？幫她翻譯。）

卡士柏以顫抖的聲音翻譯。

「妳要打在屁股上嗎？」

時差幽靈說右手臂太痛了，還不如乾脆打在屁股上。時差幽靈哭著起身，拉高裙子，拉下了內褲，他這才放下針筒，解開了皮帶。卡士柏眼睜睜地看著這一切發生，整個人因恐懼而凍結在原地。這時，時差幽靈朝卡士柏大喊道：

「快走！妳趕快走！」

聽到時差幽靈著急地大喊，卡士柏的身體仍有好一段時間動不了。等到回過神來時，卡士柏已經打開門飛奔出去了。現在，那個地方只剩下時差幽靈和艾力克斯．貝倫，經過令人窒息的寧靜後，門鎖了起來。卡士柏看到門關上後便直接逃走了，就像永遠不會回頭似的。

話筒另一頭的李刑警聽完後，說有人提供了與伊琪幾乎相同的證詞，確認了這個記憶「幾乎」是正確的。

「幾乎？」

經過短暫尷尬的沉默，李刑警才開口：

「是的，在決定性的部分有不同之處，但……可以看做是幾乎相同。」

「那個人是朴紗裕嗎？」

伊琪出於直覺問道，但李刑警回答未經當事者同意無法透漏個資。

時間已經超過凌晨一點，但伊琪仍飛奔前往里斗的花園。疼痛症狀開始發作，手邊的大麻卻用完了。從高譚那邊拿到的分量不足以減緩症狀。雖然鐵門已經拉下一半，但內部的燈還是亮著的，伊琪輕輕敲了敲鐵門，只見里斗從下方探出頭來。

「伊琪桑，Good evening 啊。」

「請、請賣一點給我。」

「賣什模？」

「大麻。」

里斗一臉為難，說除了高譚開的處方，自己無法私下提供。

「里斗，是……因為我太痛了，我需要藥，現在連止痛藥也沒了。」

里斗看見伊琪飄忽不安的眼神。

「Natural（天然的）思 ok，但 remember!（記住！）在阿拉斯加，到了冬天發瘋的人很多。So high!（因為嗑藥！）。」

「好的，請不用擔心。」

「還有，您絕對不能告訴醫生。」

伊琪彎下腰來，進到花園裡，里斗迅速地將大麻捲好並遞給伊琪。

「伊琪桑，are you ok？」

伊琪點了點頭，但里斗依然滿臉擔憂。里斗掃視周圍一圈，將花盆中幾朵看起來很誘人的蘑菇剪了下來。

「這蘑菇是什麼？」

「迷幻蘑菇，思贈送的。窩 sometimes（有時候）會放在披薩上吃。」

接著，里斗從冷凍庫中取出一盤披薩，將蘑菇撕成小塊放上後，放進了微波爐。待披薩變得酥脆油亮，里斗再度將披薩放入盒子，遞給伊琪。

“When you are afraid, try this.”（感到恐懼時，試試看這個。）

「謝謝你，里斗，錢呢……」

「不用了，這思普咧詹兒（禮物）。」

伊琪走入汽車旅館的游泳池內，蜷縮起身子，點了一根大麻菸捲。她緩緩吐出含在口中的白霧，切了一塊披薩來吃。

我是時差幽靈。

伊琪在腦袋中反覆說道。

我是經歷可怕遭遇的時差幽靈。

她彷彿唸咒語般再次說道。

為什麼在那麼多的孩子裡面，艾力克斯．貝倫卻盯上了伊琪和紗裕呢？會是偶然嗎？說不定那正是時差幽靈的源頭。

《魔鬼剋星》的主旋律在空氣中流瀉，到處都掛著萬聖節南瓜。處女鬼[13]、德古拉、卡士柏、星期三等各種扮裝的孩子們齊聚一堂，這時一個扮成時差幽靈的孩子現身了，孩子們紛紛湧到時差幽靈身旁。

13 韓國傳說中到了適婚年齡未婚即含冤身亡的女性所化身的厲鬼。

「這個幽靈是什麼啊？」

「才沒有這種幽靈！」

沒人認識時差幽靈，因為那是伊琪和紗裕一起創造的幽靈。

在格林威治幼兒園的另一邊，掛著標示英國、美國、韓國時間的時鐘。三個時鐘始終指向不同時間，因此伊琪和紗裕很好奇，為什麼時間會不同呢？是誰決定時間的呢？

她們問了老師，說是英國格林威治的紳士們決定了世界各地的時間。伊琪和紗裕很吃驚，明明她們學到時間絕對不會說謊，可是怎麼會是由幾個人來決定全世界人的時間呢？媽媽的時間、爸爸的時間、伊琪的時間、奶奶的時間、紗裕的時間、朋友們的時間，竟然都是由那些紳士決定的！伊琪和紗裕覺得他們是非常強大可怕的存在。

老師說「時差」是再自然不過的東西，但對伊琪來說，時差依然是艱澀、似懂非懂的字眼，而且也很可怕。雖然不知道為什麼，但就是覺得可怕，所以伊琪在插畫本上把時差這個無法理解的空間畫出來，並在上頭添加了想像。

——那些紳士不準確，所以才創造了幽靈。

——創造幽靈之後呢？

——嗯，把時間當成祭品獻上。

——為什麼？

——這樣幽靈才不會肚子餓。因為那個幽靈本來會吃時差造成的時間碎片。

——那就是時差幽靈了耶。

伊琪和紗裕對於朋友之中只有她們才知道時差這個字眼感到自豪，並產生了相知相惜的友誼。故事的情節越來越多，插畫本上充滿了兩人所畫的插圖。時間久了，時差幽靈一點一點地變得黑暗，變得殘忍。

——時差幽靈長什麼樣子？

她們看著艾力克斯·貝倫，心想如果真有幽靈，應該就是長那個樣子。雖然伊琪和紗裕無法用精準的字眼解釋，但可以感受到在格林威治幼兒園流動著黏膩且微妙的空氣，而它造成了一種有一天我們也會遭受攻擊的不安感。無論是看到艾力克斯·貝倫將手伸進女生的裙底下，或是稱讚某男生的英語發音很棒，將嘴巴貼上他的臉頰，都形成了一種雖然難以言喻，但幽靈逐漸變得強大，任何人都必然會成為祭品的暗示。所以，艾力克斯·貝倫成了時差幽靈的原型。他總是身穿黑西裝、打黑領帶、穿黑皮鞋，頭戴一頂紳士帽來上班。

有一天，艾力克斯·貝倫看到了伊琪和紗裕的插畫本，他指著時差幽靈問道：

"Who is this guy?"（這男人是誰？）

伊琪和紗裕轉過頭。

"Tell me, who is this guy?"（告訴我，這男人是誰？）

艾力克斯・貝倫再次問道。

“Not guy. Ghost.”（他不是男人，是幽靈。）

聽到紗裕的回答，艾力克斯・貝倫哼笑了一聲。

“So you think that I am a ghost.”（所以妳們認為我是個幽靈。）

不管是伊琪或紗裕，都對艾力克斯・貝倫的話是一知半解，因為不知道該回答什麼，所以兩人只是點了點頭。奇怪的是，他用一種令人不快的方式嘿嘿笑了起來。他似乎以為伊琪和紗裕是想和他玩，幻想她們特地為自己在插畫本上打造了「時差幽靈」的角色，並將此視為一種愛的表現。

“So you like me a lot?”（所以妳們很喜歡我囉？）

這次伊琪和紗裕也只知道點頭。艾力克斯・貝倫的臉頰上泛起紅暈，高興得不知如何是好。

“I love that ghost. Because it’s our own ghost.”（我愛這個幽靈，因為這是屬於我們的幽靈。）

稍後，時差幽靈出現在伊琪面前。

「你是從什麼時候開始跟蹤我的？」

即便伊琪搭話了，時差幽靈也沒有回答，反正他本來就沒有眼睛、鼻子和嘴巴。

「是你連同我的時間也吃掉了。我身上發生什麼事，我現在全想起來了！」

「姊姊！」

這時，伊琪聽見了少女的聲音從紳士帽內傳了出來。伊琪朝時差幽靈湊近，往紳士帽裡頭一看，看見了少女的臉在裡面。

「姊姊，把我從這裡弄出去！」

伊琪剛把手放入紳士帽內，右手臂就瞬間被吸了進去。受到驚嚇的伊琪連忙往後退，一屁股跌坐在地上。時差幽靈做出倒立的動作，被截斷的右手臂也跟著從紳士帽內掉了出來。

驚恐萬分的伊琪不斷死命掙扎，這時卡羅琳聽到聲響出來，看見了在游泳池磁磚上一片狼藉的披薩片。她定睛一瞧，發現披薩上頭有令人眼熟的殘留蘑菇，因此察覺伊琪正在體驗一場「bad trip」（恐怖幻覺）。

"Wake up!"（快醒醒！）

即便卡羅琳摑了她的臉頰，也不見伊琪眼中的恐怖幻覺有消停的跡象，反而讓她越發感到恐懼，這時，汽車旅館的投宿客人接二連三地出來看熱鬧。

卡羅琳打開水龍頭，提起水管朝著伊琪噴水，說時遲那時快，時差幽靈也成了落湯雞，從伊琪的視線中緩緩消失。

「終、終於走了，」

伊琪支支吾吾地低喃，然後身體蜷曲，整個人栽倒在地。卡羅琳戳了戳伊琪，也不見任何動靜。投宿的客人眼見沒戲可看了，紛紛回到了房內。

過了不久，伊琪睜開眼睛時，高譚正一臉怒氣沖沖地坐在游泳池的地板上。

「醫師您怎麼……？」

伊琪在依然迷迷糊糊的狀態下支起身體。不過幾小時，某個東方女子在游泳池地板上吃迷幻蘑菇後上演一齣好戲的傳聞，就傳遍了荷馬。

「說什麼吃迷幻蘑菇？我吃了……什麼？」

伊琪以意識恍惚的語氣問道。

「迷幻蘑菇是一種天然幻覺劑，雖然持續力短，但服用者會經歷時空錯亂的經驗。您這人到底是太過天真，還是太蠢？不然為什麼蘑菇前面會加上迷幻二字？是里斗賣給您的嗎？」

「我吃了披薩。」

「里斗賣了什麼給您？」

「因為我的手臂很痛。」

「我開大麻處方時，應該說過您只能從我這邊拿適當的劑量。」

「事情是這樣的……」

伊琪一時沒有頭緒，不知道該從哪裡解釋才好。

「請回韓國去。」

高譚態度冰冷地回話後起身。

「什麼？」

伊琪跟著高譚走到了游泳池外，後來高譚頭也不回地就走出汽車旅館，並立即去了里斗的花園。里斗正在用注射器替玫瑰注入液體。

「你給了伊琪小姐藥物？」

「噢買尬兜，斯咪媽線！」

里斗嚇得面無血色，他發現追在高譚後頭前來的伊琪。

「里斗沒做錯什麼！」

「窩會死在高譚先生手上。」

「要就衝著我來，為什麼對里斗……」

「你賣藥給我的患者？這渾球已經不是第一次了。」

高譚溫文儒雅的語氣中出現了渾球二字，看來兩人之間似乎有什麼過節。

"It's immoral!"（這是不道德的！）

"Why do you pretend you're moral, Dr.?"（醫師，你為什麼要假裝有道德？）

"You need a moral compass. Don't give the chemical to other people."（你需要培養道德感，不要隨便給其他人藥物。）

"I want to help Izy."（我是想要幫伊琪。）

"No, You only give drugs to those you are attracted to."（不，你只會把藥給你喜歡的人。）

「Why do you say so?（你為什麼這樣說？）對啦，窩想把這個分享給喜歡兜人。」

里斗像是抗議似的說道，這時高譚一把揪住他的衣領。

「你說什麼？」

伊琪對里斗界定自己是「喜歡的人」這件事驚訝了約莫一秒鐘。見到兩人僵持不下，伊琪朝著高譚大喊：

「請您別再說了，是我拚命拜託里斗賣給我的，是我！」

「為什麼？」

「我知道右手臂的發病原因了。」

「吃了迷幻蘑菇之後？」

「不、不是！是知道真相後我沒辦法保持神智清醒。」

「知道了什麼？」

「……我承受不了。」

伊琪頻頻欲言又止，最後乾脆放棄似的癱坐在地上。她發呆好一會兒，冷不防地從花盆中拔起蘑菇並塞滿嘴巴，大口大口地咀嚼起來。

見到這措手不及的一幕，高譚和里斗大感錯愕，試圖從伊琪的嘴巴中抽出蘑菇，但蘑菇卻猶如牢牢種在泥土中的蘿蔔似的文風不動。

「噢買尬兜！」

「不能吞下去！」

「喂，快停下來，把它吐出來！快點！」

伊琪的雙頰塞滿了蘑菇，眼眶中蓄滿了淚水，她滿是怨憤地大吼：「媽的！」

正當伊琪在洗手間將蘑菇全部催吐出來的時候，高譚在外頭說道：

「要替您拍背嗎？」

「不用了，我來這裡之後，只讓醫師您看到我不堪的一面。」

「要走走嗎？」

他們不發一語地在主教海灘上散步。伊琪向高譚吐露了自己的記憶——格林威治幼兒園與艾力克斯．貝倫，以及萬聖節所發生的事。高譚一句話也沒說，他沒有說出任何安慰，彷彿伊琪的故事是浪濤拍打的聲音。

就這麼走著走著，他們遇見了停泊在海邊、生鏽斑駁痕跡慘不忍睹的貨船。貨船在許久前就被棄置於陸地上，當地的人都稱它為幽靈船。它曾是往來南北極的破冰船，船的前側與兩側堅實牢固得足以劃破流冰前進，彷彿就算撞上了冰山碎片也承受得住。但如今要再次前往南極，破冰船已經蒼老過了頭，於是在北極替自己找了個墳安息了。湊近一看，上頭掛著數十個熄滅的小燈泡。

「萬聖節時會在這裡舉辦派對。」

萬、聖、節，聽到這個字眼，伊琪再度想起艾力克斯・貝倫，頓時胃一陣翻騰。伊琪停下腳步問道：

「若是知道原因就能治好病嗎？」

「您是否正視那個原因了呢？」

「正視原因？」

「就是是否準確地按到穴位。」

「好像是。」

但伊琪對於是否準確這點沒有自信。高譚登上了幽靈船的階梯，伊琪也跟隨其後。在幽靈船上仍瀰漫尚未被抹去的海鹽味。

「我考慮就此打住並回去了，我是說治療。」

「回韓國嗎？」

「是的，因為如今已經知道理由，反而覺得沒有治療方法。」

「是因為剛才我要您回韓國嗎？那是……」

「不，不是因為那樣，已經發生的不幸能夠治好嗎？」

高譚靜靜地咀嚼這句話。高譚確實也束手無策，但他無法對迫切的患者據實以告，所以乾脆選擇緘默不語。伊琪看出了沉默的涵意，說：

「醫師您不也覺得沒辦法嗎？既然破碎了，就只能以碎裂的狀態活著。」

「是啊。」

「真無趣。」

「為什麼？」

「就算這樣，我還是想聽些具有說服力的勵志話。」

「很抱歉，並沒有。」

「醫師您有什麼好抱歉的。」

「那位作家也知情嗎？知道伊琪小姐的不幸。」

「警察說對方提供了和我幾乎相同的證詞。我很肯定提供證詞的人就是紗裕，那麼她就會明白，我們是被相同的不幸綁在一起的。」

「您會告訴她嗎？」

伊琪不斷把弄手機，態度顯得遲疑。

「可是，為什麼說是『幾乎』呢？」

「什麼？」

「幾乎，不就代表某個部分的證詞不同嗎？」

沒錯，這意味著兩者雖相似，但某處有明確的不同。讓伊琪心有疙瘩、有所遲疑的情緒來源就在這，她害怕自己會記起更駭人的記憶，但另一方面卻又覺得沒有什麼比這更駭人的了。

「怎麼不直接問呢？不然主動開個頭怎麼樣？」

高譚如此說道，接著稍微轉過身往遠處走去。伊琪開啟手機，連上了朴紗裕的 Instagram，打開了私訊視窗，非常急切地按下一個又一個字。

——我想起來了。我和李明憲刑警通過電話，也留下了證詞。現在能和妳通話嗎？

這樣開頭應該夠了。伊琪將訊息傳送出去。

8

汽車旅館外頭傳來喧鬧聲，可以透過窗戶看到投宿客紛紛急著趕往某處。伊琪也來到房外跟著他們走，最後抵達的地點是里斗的花園。摔破在花壇地板上的土盆碎片凌亂不堪，里斗正在勸阻手裡拿著撞球桿的金先生，而站在他面前的卡羅琳似乎挨了揍，只見她的嘴巴周圍都是血跡。高譚站在金先生面前擋住他。

「您這是在做什麼！」

「你早就知道了吧？」

見到高譚默認點頭，金先生如火山爆發似的大吼：

「真是丟死人了，讓我在別人面前抬不起頭！是不是在去釣比目魚的時候開始的?!兩個賤女人背著我亂來？」

賤女人。伊琪費了很大的力氣想搞清楚這狀況。金先生指著卡羅琳說：

「妳要懂得羞恥！幹！」

這時躲在花園內側的鄭女士突然跳出來大叫：

「請不要亂罵人！」

「怎樣！賤女人，看我先把那女的給殺了！」

失控發狂的金先生靠近卡羅琳，鄭女士隨即撲向卡羅琳並一把抱住她。

「要殺就殺我！老公！拜託快住手！」

「請離開吧，要不然我就要叫警察了。」

高譚擋在威脅著靠近兩個女人的金先生面前說道。

「你是要叫什麼警察？我可是美國公民。倒是你，是想嘗嘗牢飯的滋味嗎？」

金先生指著高譚的臉，或許是餘怒未消，他又接著開口：

「你又做了什麼奇怪的治療吧？不是嗎？真應該禁止你踏進安克拉治的。我說啊，你老婆不就是在外頭死的嗎？不就是你殺死的嗎？」

金先生似乎想極力刺激高譚，然而高譚卻只是一言不發地閉上眼睛，然後突然盤起腿坐了下來。見到他這副模樣，金先生更生氣了。

「你以為自己是甘地嗎？這節骨眼還搞什麼冥想！」

伊琪站在金先生面前。

「大叔，請您適可而止！」

「哎呀，這位小姐也跟他們狼狽為奸啊？」

金先生尖酸刻薄地斥責。

「請住手！說什麼狼狽為奸啊！」

鄭女士一邊勸阻金先生一邊說。

「喂！我會讓妳因為離婚官司而身無分文！我一分錢都不會給妳，走著瞧。」

金先生朝鄭女士吐了口水後才轉身。

伊琪一邊清掃、擦拭花壇，一邊聽鄭女士說起先前的故事。阿拉斯加韓醫院還在安克拉治時，鄭女士因為多年來為厭食症所苦，而去求助韓醫院，當時高譚表示想去他們家看一次。

高譚走進鄭女士家後問道：

「您和先生是不是都不講話？」

「您為什麼這麼問？」

「這個家、這些房間的空氣好像都停滯了，住在這種地方當然會患上厭食症了。」

鄭女士本來是去請醫師開處方的，沒想到卻被揭穿最隱密的部分。相較於沒有性生活，夫妻之間沒有對話更令她無地自容。當金先生和鄭女士獨處時，兩人什麼話都不說，若是鄭女士在某一刻提起這個問題，就會成為夫妻爭吵的導火線，並引來金先生的惡言相向。這段關係就只有暴力，不然就是沉默。鄭女士覺得自己彷彿住在一幅名為阿拉斯加的畫作中。

高譚開的處方是透過對話讓家這個空間的空氣流動，但在這個家中根本就不可能。金先生猶如一塊不動的石頭，鄭女士則是經常與到韓醫院接受性功能障礙治療的卡羅琳見到面。她覺得卡羅琳看起來是個與自己截然不同的女人，過著自己完全沒有想像過的人生，但實際搭話後卻發現兩人有許多共同點。兩人年紀相同，會彈吉他，也都去過印度旅行（鄭女士原本是去朝聖佛教聖地，但在遇見金先生之後便改信基督教），除此之外，兩人還有說不完的話題。

鄭女士對卡羅琳產生了好感，以到韓醫院看病為藉口與卡羅琳見面的日子越來越多，與此同時，她也慢慢開始覺得食物好吃，也恢復了正常健康的體重。是卡羅琳先察覺這份情感並非只是好友的程度。關於性，卡羅琳進行的各種實驗不比任何人少，所以她也基於實驗的角度對鄭女士提議說要一起同床共枕，換來的是一個響亮的巴掌。可是，身體出自本能地受到吸引的反而是鄭女士。

也大約是在這時候，由於與高譚的太太相關的事件，阿拉斯加韓醫院飽受安克拉治當地的韓國人抨擊，於是遷到了荷馬，卡羅琳也是在這時候搬到了荷馬。鄭女士很懷念卡羅琳，不時想起與她一起彈著吉他高歌，以及坐在卡羅琳的機車後座一起乘風馳騁的時光，因此想都沒想就跑到卡羅琳在荷馬的家。

「從那時開始，我就過起了往返兩地的生活。」

鄭女士笑著對伊琪說。過去伊琪不曾在荷馬見到高譚以外的韓國人，但如今才明白了那個傳聞。

「所以才會有在荷馬就只有兩個韓國人的說法啊。」

「畢竟我經常和卡羅琳他們公寓的居民碰到面。」

「那您先生，應該會沒事吧？」

「沒事的，先前我往返兩地的期間，已經把離婚需要的一切都打點好了，畢竟我跟卡羅琳得好好生活嘛。」

鄭女士個子嬌小、外表看來十分柔弱，骨子裡卻隱藏著細心縝密的一面。為了打離婚訴訟，她花了很多時間蒐集證據，包括金先生的怒言相向、高壓式的夫妻關係，以及金先生和安克拉治脫衣舞酒吧舞孃有長期的外遇關係等，連同照片做成了簡報。只不過金先生也找來了實力強悍的律師，因此可預期這會是一場漫長的訴訟。儘管如此，鄭女士仍一派天真開朗，卡羅琳也顯得精神奕奕，難以想像她剛才被出軌女人的丈夫揍了一拳。

「伊琪，我現在才覺得自己是在過生活。遇見卡羅琳之後，感覺每件事都找到了它該有的位置，一切都顯得如此自然。我第一次感覺到，我所說的話，所跳的舞，所做的每個行動都像我自己！」

伊琪光是看著她們都會不自覺地露出微笑，這段時間的緊繃心情也跟著融化了。

「我們打算在萬聖節時訂婚，妳能來參加嗎？」

鄭女士邊說邊遞了一張邀請函給伊琪。

"Izy, You must come!"（伊琪，妳一定要來！）

卡羅琳也興沖沖地大喊。伊琪正打算說好，卻發現邀請函的品質粗劣，頓時整張臉都僵住了。在幽靈船與萬聖節南瓜背景的後頭，鄭女士與卡羅琳兩人牽著手笑得很開心，但各種圖片各說各話，完全兜不在一起，看起來就像什麼邪教的宣傳品。

「嗯……很缺乏美感呢。請問這個是影印的嗎？」

「只是預先準備幾張而已。」

「圖片裁切得很糟呢。」

「不瞞妳說，我的手很不靈巧，所以不擅長 PhotoShop，我們卡羅琳也是個電腦白痴。」

聽到鄭女士的話後，卡羅琳搔了搔頭。

「這年頭人工智慧也很會修圖。」

「咦？」

這次換作鄭女士露出了人工智慧怎麼會修圖的傻笑表情。儘管如此，伊琪認為自己的左手應該會比鄭女士的「拙」手來得強。

「重新修圖比較好，畢竟是訂婚典禮。」

「哎呀！伊琪，妳能幫我們嗎？」

「有照片原圖和安裝 PhotoShop 的電腦嗎？」

「啊，我們也是用花園這裡的電腦。」

伊琪突然想起了在花園角落看到二十七吋的 iMac。

「走吧。」

伊琪用左手操作滑鼠，叫出照片檔案，再次握起了手寫筆。卡羅琳和鄭女士都一臉神奇地盯著照片原圖變身的過程。聽見兩人連連發出讚嘆聲，里斗也忍不住跑來湊熱鬧。里斗看到螢幕後也大吃了一驚，用 PhotoShop 修圖後完全沒有任何誇張之處，反而顯得很自然。

"Ask Izy to do that, too. Rito."（里斗，也請伊琪幫忙弄那個。）

"What?"（弄什麼？）

"That."（那個。）

里斗張望了一下周圍，接著用滑鼠點開了「Eunha」這個資料夾，螢幕畫面上頓時充滿了照片中「銀河」的臉。她的臉部線條很美，五官也很立體，在臉頰、下巴和額頭上有疤痕，看起來是異位性皮膚炎所造成的。

「伊琪桑能幫忙修掉疤痕嗎？」

伊琪想起了自己右手臂和右手上頭的各種細微疤痕，究竟是應該將其抹去，還是應該為此感到羞愧？

「為什麼想替這張照片修圖？」

里斗、鄭女士和卡羅琳輪流看著彼此，不知道誰應該代表發言，最後是鄭女士站出來說話。

「因為沒有遺照。」

「什麼？」

「等高譚從搜索日行動回來，總要替銀河舉辦告別式吧？因為已經好幾年沒能舉辦銀河的告別式了。」

「但如果醫師不願意的話……」

「總不可能還活著啊，當然遺體是得找回來。」

伊琪再次用左手提筆，她想像著最符合她的臉會是什麼樣子。她並不想如橡皮擦般抹去照片中的疤痕，因為感覺那也是她身上的一部分。伊琪想試著在她的臉上復原被疤痕所遮掩的內心，可是卻不怎麼順利。

這時，她突然感覺到周圍有人，是高譚站在後方，盯著充滿銀河照片的電腦螢幕。

「現在是在做什麼？」

「醫師，剛才謝謝您。」

鄭女士試著想轉移話題，這招卻不管用。

「我問您現在在做什麼，伊琪小姐。」

「是我拜託的。」

「為什麼鄭女士要拜託這種事？」

"We all asked for it."（是我們所有人拜託的。）

里斗囁嚅道。

「為什麼？」

「今年應該要舉辦告別式啊，這樣高譚醫師您也才能有個全新的開始。」

鄭女士鏗鏘有力地回答，就像內心老早就想說這句話似的。

「那由我來決定。」

"Stubborn!"（真固執！）

卡羅琳挖苦道。

「那個，醫師，銀河雖然是您的妻子，但也是我們的朋友。」

「鄭女士……這已經越線了。」

卡羅琳再度插嘴，以攻擊的姿態對高譚說：

"Aren't you the only one who's in trauma?"（難道只有你陷入創傷嗎？）

"Caroline, don't say it like that."（卡羅琳，別這樣說。）

這次是里斗開口捍衛高譚。這時高譚拔掉了與電腦相連的插頭。畫面瞬間變成一片黑。

"Would you please be quiet?"（請你們安靜一點好嗎？）

聽到高譚大吼，大家都閉上了嘴巴。伊琪凝視著映照在漆黑螢幕上的高譚身影許久。

+

伊琪隔天馬上就收到了回覆。這個回覆徹底將她逼入絕望的死角。終於，穴位準確無誤地按到了。

——嗨，卡士柏。

伊琪的心跳加速，記憶重新組合，解析度逐漸提高、變得清晰起來。卡士柏的右手臂被刺傷了，時差幽靈吶喊著要卡士柏趕快出去。逃跑的卡士柏就這樣永遠離開了格林威治幼兒園，丟下時差幽靈和艾力克斯·貝倫，獨自逃到了外頭。那個人對扮成時差幽靈的紗裕說：

"I love your ghost. You made it because you love me, right? So I'll love you too."（我愛妳的幽靈，妳是因為愛我才創造了他吧？所以我也愛妳。）

伊琪並非受害者，而是逃跑的那個人。

紗裕的回覆又多了一行。

——妳認為我原諒妳了嗎？

9

伊琪雖然來到了阿拉斯加，此時卻又再度想要逃跑。相較於朴紗裕的痛苦，她覺得右手臂感受到的疼痛感是如此微不足道。見伊琪沒有任何回答，紗裕接連傳來好幾封私訊。

——妳沒有必要徵求我的原諒。

——我會找到我們創造的時差幽靈，然後殺了他。

——就快完成了。

——這個童話會在我手中了結。

最後，對方傳來一個長達三分十二秒、名為「死前再聽」的錄音檔案。伊琪有好幾次都想伸手點開檔案，但最後還是放棄了。她鼓不起勇氣。

她再次瀏覽紗裕上傳到 Instagram 的那些照片，包括可以推測是在國外的照片，以及零星出現的槍支和沙漠射擊練習場，瞬間解開了謎題——紗裕並不是去遊樂場玩，而是真的在拿槍練習射擊。

伊琪心想紗裕的所在地會不會是在誘捕線的另一頭。光是看照片也能感覺到偏僻之地特有的氛圍。伊琪的腦中想的全是在誘捕線的另一頭，連獵捕動物的陷阱也不見蹤影的地方，紗裕正獨自在暴風雪中徘徊的身影。

打從兩年前，國際刑警組織採取行動，美國協助韓國進行調查的時候開始，紗裕就打定主意要親自找到艾力克斯．貝倫並殺了他。她把自己能用的錢都湊齊了，李明憲刑警則是居中牽線，讓她能夠得到美國警方的協助，她就這樣離開了韓國。

她抵達美國後，首先跑到那華達州警察局，去見最早動員國際刑警組織的警察妮娜．西蒙。她是個體格結實的資深黑人刑警，紗裕將艾力克斯．貝倫對自己做的事一字不漏地全數道出。站在妮娜．西蒙的立場，等艾力克斯．貝倫逮捕到案，在法庭上會需要紗裕的證詞，因為她是整起事件的第一位受害者。

自從妮娜．西蒙遇見朴紗裕後，就將此案件的起始點改為韓國的格林威治幼兒園，繪製出新的關係圖。此案件絕對不能只侷限於於美國本土，必須將其擴大為國際犯罪案件，並通過法案以防止兒童犯罪者任意跨越國境。

妮娜．西蒙認為，動員國際刑警組織的目的，不單純是要讓艾力克斯．貝倫被判處最重的刑罰，還要在國際上實行兒童保護法案，才足以表示對受害者的哀悼。

警方內部已經開始有不安的聲音出現，說艾力克斯．貝倫會不會早就跨越國境逃跑了。妮娜．西蒙每次與紗裕見面時都會告訴她最新消息，這是基於一種想讓來自遙遠異國的東方朋友明白，美國警方對此案件很積極的心情，只不過妮娜．西蒙並不知道紗裕以非法途徑購入手槍與子彈，並在射擊場學習槍法。紗裕再也不是柔弱的東方女子，她一步步地成了一頭龐大的駝鹿。

伊琪忍不住心想，搞不好紗裕就在距離自己很近的地方，所以一股腦地跑到外頭，像個失魂落魄的人般不停沿著海邊走，要是有陌生的東方女子經過，她就會留心觀察對方。雖然與幾個人擦身而過，卻沒有看起來像是紗裕的人。伊琪就這樣在海邊徘徊了許久，直到她停下步伐，寒意瞬間包覆了全身。不知不覺的，永晝已經結束了，大海的浪濤翻騰不已。

為了摘下附著在右手臂的幽靈，千里迢迢來到阿拉斯加，但伊琪卻覺得自己比那幽靈還不如。就在這一刻，伊琪一步步走入大海，巨浪迎面撲來，伊琪的身體與泡沫一起被波浪捲入，不停翻滾。嘩——嘩啊——每當浪一打來，伊琪就離陸地越遠，但她並沒有抵抗。

這時有人用單手揪住伊琪的身體並朝一旁扔去，倒在沙灘上的伊琪這才連連吐出好幾口帶有鹹味的海水。她一邊咳嗽不止，一邊抬頭仰望將自己拉出海水的人。

男人只穿著一條泳褲，古銅色皮膚與結實的身體上頭有著各種紋身，腿上則有被刀子深深劃過的痕跡，整個人充滿了威脅感。伊琪來到荷馬以來初次遇見這個人，他沒有說半句話，就這麼逕自轉身走掉了。

伊琪狼狽地回到旅館，接著足有四天的時間都沒踏出房門一步。右手臂彷彿有長著尖嘴的蟲子穿透皮膚、鑽進骨髓般疼痛不已，但儘管如此，相較於朴紗裕的遭遇，伊琪認為這點痛是自己理當承受的。就算在床上翻來滾去，她也無法向任何人求助，她覺得自己沒有資格接受幫忙。在這四天內，卡羅琳曾替她送了幾次飯，高譚也來到房門前跟她搭話。

叩、叩、叩。

「是我，高譚，卡羅琳說要破門而入呢。」

「……每次都只給您添麻煩呢。」

「發生什麼事了？」

高譚在門外平心靜氣地問道，伊琪握著門把遲疑，回答他：

「我是卡士柏。」

「這是什麼意思？」

「我是逃跑的人。」

門外傳來一聲輕微但意味深長的嘆息聲。

「我明白了，我會要卡羅琳再耐心等候一下。」

經過兩天、三天，高譚再度來敲門。嗖，一張紙從門縫遞送進來，伊琪猶如行屍走肉似的從床上起身，撿起了放在地板上的便條紙。

伊琪小姐，出來吧，鮑伯回來了，就是治好複雜性局部疼痛症候群的那個人。不知道他什麼時候會再次離開，如果不想錯過機會，請立刻過來。

有好一會兒，伊琪試著思考治療對自己來說有什麼意義。在內心深處，有個不願接受治療的伊琪蜷縮在角落，淒厲地吶喊著逃跑之人就該承受痛苦。一想到這，伊琪隨即打開房門。高譚正好轉過身走在走廊上，聽見房門開啟的聲響，馬上停下腳步轉頭看。此時在高譚面前的，是一個滿臉憔悴、深陷絕望的女人。高譚過去也曾見過這種眼神。他在妻子身上見過。妻子走入誘捕線另一頭，從此再也沒有回來。

伊琪語氣堅定地說：

「醫師，我……以後不接受治療了，因此您不必再費心了，先前很感謝您。」

「那您打算怎麼做？」

高譚沉靜地詢問，伊琪以再次點頭致意並關上門代替回答。高譚站在關上的門前許久，但直到最後都不知該說些什麼，躊躇了一會便轉過身。

伊琪拿起手機打開 Instagram 的收件匣，開啟了紗裕傳來的「死前再聽」錄音檔。

——嗨，卡士柏。

紗裕清楚地重複說出那個有著沉痛記憶的名字。

——我再次警告妳，死前再聽這個檔案。

伊琪決定聽到最後。

——我想向妳報仇。當年的妳逃跑沒關係，畢竟我們太過幼小脆弱。說真的，在國際刑警組織展開行動，警方找到我之前，我並不埋怨妳，也不曾想過要親自去找艾力克斯．貝倫算帳，可是警方對我透漏了太多事情。

我明白了為什麼我們會是這件事的開端。

從現在開始，我要把事情說給妳聽並向妳報仇。聽好了，金伊琪。

對警方來說，「朴紗裕」是個重要人物。因為經過各種調查和蒐集證詞，最關鍵性的是查證了在艾力克斯．貝倫住家中找到的潦草筆記後，結果顯示艾力克斯．貝倫的第一位受害者正是朴紗裕。

根據證詞，艾力克斯．貝倫是個極為小心翼翼的人，就連身邊的親朋好友都無法想像到他會是戀童癖者。這樣的他明白地表現出自身偏好的時間點，就是在以外籍教師身分任教於格林威治幼兒園的時候。初次嘗試性犯罪成功之後，他便食髓知味地在不同國家遊走，侵犯各國兒童，犯罪程度也逐漸變本加厲、更加詭異。他的外國人身分，無疑是逃避各國法律制裁的有利條件。

假設當天艾力克斯．貝倫的性犯罪沒有得逞，又或者犯罪事實被揭穿，遭韓國驅逐出境並遣返美國坐牢，他還會犯下下一個案件嗎？據說在美國，兒童性犯罪者會被判重刑。

得知此事實後，紗裕更痛苦了，深陷於假如自己當時報了警，或許其他孩子就不會受害的枷鎖而難以自拔。

——我的不幸過於龐大，因此不知道自己該怎麼做才好。從隔天開始妳就沒來幼兒園了，唯一的目擊證人都逃走了，我又該怎麼報警？但儘管如此……

就算不知道如何避免受害，但好歹也能警告其他人吧？警方說了，住在泰國曼谷的孩子自殺了，那個孩子沒能堅強地活下來。那份痛苦也傳到了我身上，讓我夜不成眠。從那時開始，我就心想自己該做點什麼，做什麼都好！

時差幽靈是我們合力打造的作品。

因為有那麼多孩子的時間都被吞噬了。

附著在右手臂上的是叫作「假設」的幽靈，是「假設沒有逃跑，紗裕以及其他孩子的時間就不會被吞噬了」的幽靈。

It's beginning to hurt. 伊琪想起高譚在玉色冰河上以飄忽的嗓音說過的那句話。治癒皮膚炎的同時卻又「開始痛了」。假如不知情，也就沒機會治癒，但知道了之後，就又帶來另一種痛苦。

又過了四天，最後讓成日蜷縮在房內的伊琪走到門外的人是卡羅琳。她要伊琪務必參加自己的訂婚典禮。

伊琪想像著兩人訂婚典禮的場面。一想到一臉開朗的鄭女士和自信磊落的卡羅琳，就覺得自己該動起來了，也隨即開始苦惱自己該穿什麼。她不能穿登山服出席。就在她盤算著自己是否該跑一趟荷馬的二手服飾店時，有人敲了房門。

“It’s me!”（是我！）

是卡羅琳。伊琪一打開門，卡羅琳就不由分說地將一個上頭掛有紅緞帶的禮物盒遞給她。

“Open it!”（打開看看！）

卡羅琳看起來要比接過盒子的伊琪更加興奮。伊琪解開緞帶打開盒子，看見裡面有一件摺得相當整齊的暗紅色絲綢短洋裝和一雙黑色高跟鞋。

“What’s this?”（這是什麼？）

“Thank you for designing our invitation card, so Jeong and I prepared it together.”（謝謝妳幫我們設計邀請函，所以我和鄭女士一起準備了這個。）

伊琪吃驚得嘴巴都闔不起來，她這輩子從來就不曾穿過這樣的洋裝。卡羅琳催促她趕緊試穿看看，所以伊琪就在暈頭轉向的情況下拿起了洋裝。

洋裝就像是為伊琪量身訂做的，穿起來剛剛好。卡羅琳站在伊琪面前左瞧右看，然後從背包中拿出吊襪帶和絲襪遞給她。伊琪依照卡羅琳的指示將絲襪拉至大腿，接著以吊襪帶固定住，接著卡羅琳把手伸進伊琪的胸口，從肩膀開始邊按摩邊往下推，把副乳塞進胸罩內側。卡羅琳原本的職業是按摩師，所以手的動作相當專業。乳溝變深之後，上圍看起來豐滿不少。

“Sit down. I’ll put on makeup for you.”（坐下，我替妳上妝。）

伊琪坐下後，卡羅琳將帶來的化妝用品在桌面上一字排開。自從罹患複雜性局部疼痛症候群，伊琪就沒有化過妝，不，是她沒辦法化妝。就算能用左手修圖，但她可沒有用左手畫眼線的技術。伊琪平時也很忌諱在臉上塗什麼顏色，她感覺自己平時視為保護色的無色彩就要消失不見了。此時卡羅琳正試圖想要打破那個保護色，她替伊琪打底妝、抹粉、上腮紅的手法很仔細。

“I’m going to do a strong smokey today that you’ve never experienced in your life.”（今天我會替妳打造一個這輩子不曾體驗過的煙燻濃妝。）

她畫好眼妝，最後以紅色唇彩收尾。卡羅琳非常滿意地說：

“You’ve been hiding your sexiness. Look at the mirror.”（妳過去都把自己的性感隱藏起來了，

照一下鏡子。）

卡羅琳把自己的隨身小鏡子拿到伊琪面前，這還是伊琪第一次在臉上畫這麼強烈的顏色，鏡子中有個與自己截然不同的人。

"You were completely hidden. You lived in hiding this color."（妳是一顆隱藏多時的璞玉，妳過去都把自己的色彩隱藏起來了。）

卡羅琳能從他人身上發掘出隱藏的一面。

"Which color?"（哪個顏色？）

"It's like a hot light. You're hiding something like that. Which means you want it the most unconsciously."（就像是一種熱烈的光芒，妳卻把它隱藏起來了，這表示它是妳的潛意識最想要的。）

熱烈的光芒，這幾個字讓伊琪感到彆扭。

"Don't you occasionally think about wearing a racy outfit and sleep with someone?"（妳不會偶爾想穿性感挑逗的衣服跟某人上床嗎？）

"It's my first time wearing such a racy outfit."（這是我第一次穿得這麼性感挑逗。）

"Then think of it like that today."（那今天就試著這麼想一回吧。）

"It's your engagement."（這是妳的訂婚典禮耶。）

"Don't make any excuses."（不要找藉口。）

伊琪不發一語，卡羅琳整理東西準備回去，同時補充說：

"I know that complicated and unworkable things push your head, but nothing is fixed. You are here to fix your damn right arm, but it keeps getting messed up."（我知道妳在為複雜難解的事情傷腦筋，但什麼也沒解決。妳是來治好那隻該死的右手臂的，可是事情卻越變越糟。）

卡羅琳彷彿讀出了伊琪的心情。

"I know you don't live like that every day, but at least today, you have to live well, right? Isn't it?"（我知道妳不是每天都活成那樣，但至少今天得好好活著，不是嗎？）

"Yes."（對。）

伊琪打定主意，至少今天要暫時忘掉卡士柏的記憶。

幽靈船搖身變成派對場地，處處都掛著萬聖節南瓜，天花板上可以看見身上披著白色床單的幽靈模型，桌上則有熱氣裊裊上升的熱紅酒。大家分別穿上吸血鬼、殭屍、木乃伊、狼人、布朗尼幽靈[14]等形形色色的萬聖節裝扮，熱情地跳著舞。伊琪也試著配合轟隆轟隆作響的節奏

---

14 頭部是一顆棉花糖，身體是布朗尼蛋糕的幽靈。

擺動身體，但很快的就停止動作。她一再想起格林威治幼兒園的萬聖節，感覺自己就像受到一群不知長相的幽靈壓迫，所以只是靜靜地在燈光下來回踱步。這時，一個身穿亮片襯衫搭配黑西裝的男人向她靠近，那是麥可・傑克森唱〈Billie Jean〉時的裝扮，一看原來是高譚。

「您不是扮成鬼呢。」

「您也一樣。」

「應該說是介於訂婚典禮和萬聖節之間的服裝？〈Billie Jean〉？麥可・傑克森並不是幽靈嘛。」

面對伊琪的提問，高譚回答：

「我每年都帶著悼念的心情穿這套衣服。」

麥可・傑克森對高譚來說是偶像，伊琪也很喜歡他的音樂。

「既然是萬聖節，〈Thriller〉應該更適合。」

「紅色皮夾克和紅色緊身褲可不是任何人都能駕馭的。」

「不過，我們好像老人啊。」

「確實是老人啊。」

「要是更老一點就好了，這樣就能看麥可・傑克森表演〈Billie Jean〉了。」

「是啊。您變得更瘦了呢。」

高譚一看就知道伊琪窩在房內的期間都餓肚子。

「嗯。」

伊琪不以為意地含糊帶過。這時里斗踩著月球漫步的舞步，硬是擠進伊琪和高譚之間。

「來跳舞吧。」

里斗以笨拙的月球漫步在伊琪周圍打轉。伊琪見狀稍微笑了笑，這時卻看到有個眼熟的幽靈正獨自站在後方。

那個幽靈身穿寬鬆的黑西裝、黑皮鞋，臉上戴著倒轉紳士帽造型面具，那就是時差幽靈。伊琪用力揉了揉自己的眼睛，煙燻妝因此全花了，蔓延到眼角。她再度定睛一看，確實是時差幽靈站在那裏。這世界上知道時差幽靈的就只有三個人：伊琪、紗裕及艾力克斯．貝倫。

伊琪彷彿受迷惑似的經過高譚和里斗身旁，來到了時差幽靈面前。那是個身高一百七十公分左右的男性，雖然無從得知藏在倒轉紳士帽面具底下的臉孔，但從眼睛開孔看到的眼珠是藍色的。他正側著腦袋看著伊琪，似乎很納悶她為什麼朝自己走來。他並不是魂魄，從他身上可以感覺到一股邪惡的人類氣息，但伊琪不能貿然行動，倘若她想看到面具背後的臉。

"Are you here alone?"（妳自己一個人來嗎？）

"Yes, I am."（是的。）

“Do you live near here?”（妳住這附近嗎？）

“I don’t know.”（我不知道。）

對方察覺到伊琪的英語有不協調之處。

“Which country are you from?”（妳來自哪個國家？）

明明是再常見不過的簡單問題，伊琪卻猶豫很久才回答：

“Korea.”（韓國。）

男人將紳士帽面具的底部稍微往上拉，一邊大口灌下已經冷卻的紅酒一邊說：

“A wonderful country. Idols are awesome, too.”（很棒的國家，偶像也很厲害。）

“Have you ever been there?”（你去過嗎？）

“I don’t know.”（我不知道。）

聽到男人的回答，伊琪的胸口一陣發寒。雖然嘴脣抖個不停，但她仍沒有停止發問。

“What kind of ghost is that outfit?”（那是什麼鬼魂的服裝？）

“My Halloween costume?”（是在說我的萬聖節打扮嗎？）

“Yes.”（對啊。）

“You don’t know because it’s not famous.”（妳不會知道，因為他並不有名。）

“Isn’t it a cartoon or movie character?”（不是卡通或電影角色嗎？）

"No, it's not.（不是。）

"It's impressive. What a mask with a fedora. What's the name of the ghost?"（紳士帽造型的面具很令人印象深刻。這個鬼的名字叫什麼？）

"I don't really want to talk about his name."（我不太想講他的名字。）

這時所有燈光熄滅，眼前什麼都看不到。隨後，小號吹奏聲響起，燈光也再度亮起，眼前的男人已不見蹤影。身穿白色禮服的卡羅琳和鄭女士正舉著紅酒杯站在舞台上，眾人都望著兩人高聲歡呼，伊琪則試圖穿越人群尋找那個男人，但到處都不見戴著紳士帽的人。伊琪跑到了外頭。

伊琪脫下高跟鞋，在漆黑一片的主教海灘上狂奔，但無論她跑得多遠，聽見的仍只有波浪聲。

「伊琪小姐！」

伊琪回頭，只見高譚佇立的身影。他什麼也沒問。高譚也看到了，那個戴著倒轉紳士帽面具的男人。

「伊琪小姐……」

「您看到了吧？感覺他就在附近。」

但高譚並不確定。倒轉紳士帽的面具不能說非常特別，而且偏偏這時候的伊琪顯得特別美麗動人，讓高譚頓時慌了手腳。伊琪赤腳站立，紅色短洋裝被海風吹得飄揚，險些就要走光。高譚的腦袋就像斷片般一片空白，他雖然想著要走過去安撫伊琪，但等到他再走近一些，卻又意識倒兩人之間的無形界線將會崩解，因此無法貿然靠近。

「醫師！您好歹說點什麼啊！」

在伊琪追問下，高譚頓時回過神來。

「那個……」

「您覺得這只是偶然嗎？」

高譚以點頭作為回應，伊琪頓時失望不已。

「我能感覺到，這並不是偶然，這就是理由。」

據說阿拉斯加的召喚是有理由的，伊琪感覺如今正是回應那召喚的時機點。被召喚時就必須獨自前往。因為所謂的召喚，是始於極為私人的理由。雖然不知道是從什麼時候開始，但伊琪從許久之前就這麼認為，因此她走過高譚身旁，一個人朝海邊走去。高譚望著伊琪逐漸遠去的背影，但直到最後也沒有跟上去，他害怕自己會忍不住一把摟住伊琪那弱不禁風的背影。

回到旅館後，伊琪立即點入紗裕的 Instagram，心想假如艾力克斯・貝倫人在阿拉斯加，自己是否也應該告訴紗裕。伊琪寫下了自己在萬聖節派對上遇見戴著時差幽靈面具男人的事情，但最後又刪掉了。她沒辦法確認面具下的臉孔，再說了這裡是阿拉斯加，她不能因為不確定的期待感就讓紗裕跑來這裡。伊琪想要先自行確認面具下的臉孔，只是，她該在哪裡尋找失去蹤影的時差幽靈？

伊琪無力地盯著紗裕的 Instagram 貼文，然後突然發現了照片之間的一貫性。她把照片放大後看見了塗鴉，那是個戴著倒轉紳士帽的火柴人，地點都不同，但都能規律看到這樣的塗鴉，主題標籤是「倒轉的紳士帽」。

她點下主題標籤後，搜尋到三百一十張照片，其中有兩百一十張是紗裕上傳的，剩下的都是其他國家的人發現這個塗鴉後拍下上傳的。塗鴉具有什麼意義呢？

伊琪的視線朝窗外的游泳池望去。伊琪在幾天前吃下迷幻蘑菇後，在幻覺狀態下遇見了時差幽靈，就在那個無水的游泳池內。為什麼會是那裡？是伊琪的大腦細胞自動生成那個影像嗎？伊琪走到外頭，朝著庭院的游泳池走去。

她環視游泳池的牆面一圈，看見了用噴漆畫出的各種塗鴉，其中也有一個戴著倒轉紳士帽的火柴人。伊琪隨即有預感，自己之所以在這裡看到時差幽靈的幻覺，正是因為這個塗鴉。這種確信是沒來由的。伊琪不由得往後退，然後拍下這個塗鴉傳給卡羅琳。

稍後卡羅琳打來了電話，說她們正要出發去旅行慶祝訂婚。伊琪詢問照片中的塗鴉是誰畫的，聽到伊琪著急的聲音，卡羅琳雖然慌了一下，但仍冷靜地應答。

有個客人從去年十月到今年四月長期投宿在汽車旅館，有一天他欠下達數萬美元的賒帳後人就跑了。雖然先前收了身分證作為長期投宿的抵押，但後來才知道身分證是偷來的，因此至今也不知道男人的真實身分。

古巴汽車旅館的老闆為了這事對卡羅琳發火，他說要是沒抓到那男人，這些賒帳就要從卡羅琳的薪水裡扣，最後卡羅琳將此事告知荷馬警方，警方也針對這男人下了通緝令。卡羅琳定期會去警察局詢問偵查進展，但聽說最後有人目擊男人出沒的地點，是在荷馬的河流與大海交會之處，那裡是誘捕線。

誘捕線指的是那些以狩獵和採集為生的採獵者設下陷阱、等待動物出現的地方，也是野生和文明最後的交界線。

「知道那個人現在在哪裡嗎？」

"Why are you curious about this?"（妳為什麼好奇這個？）

電話另一頭的卡羅琳很訝異地反問。

「喔……原來現在荷馬的警方在找人啊，謝謝妳，卡羅琳。」

卡羅琳不由得擔心起伊琪接下來的行動，但她此時忙得不可開交，無暇詳細追問。

"Okay, let's meet again after my engagement trip."（好，等我訂婚旅行回來再碰面吧。）

伊琪回到旅館，脫下紅色短洋裝後，換上了厚實的登山服，接著用手機搜尋附近的警察局。警察局就在步行約四百公尺之處。

伊琪走出旅館，跟著google地圖的箭頭走，警察局小得就像一間小鎮警長的辦公室，她走進去之後，看見兩名警員並肩站著在值夜班。深夜裡有東方女子造訪，自然令兩名警員大感詫異。

伊琪使用google翻譯詢問警員，荷馬河口的誘捕線有哪些地方是人類沒有設下陷阱的，兩名警員看著地圖指出了兩處，這是只有長期走訪該地區的人才知道的情報。

警員很疑惑為什麼伊琪好奇這個，也告訴她如果需要協助儘管說，但伊琪回答說沒關係。伊琪感覺雖然警方在卡羅琳報警後，開始著手蒐集目擊證詞，但並沒有認真看待案件，也單純只把這個人當成向汽車旅館欠債未還的社區小賊。若非如此，在當地土生土長、對整個城鎮無所不知的警員，不可能到現在都沒抓到那男人。伊琪沒辦法苦苦等候警方的消息，她必須盡快確認那人是不是艾力克斯・貝倫。伊琪將警員指出的兩個地點儲存在google地圖上，從這裡開車過去需要一小時二十分左右。

伊琪走出警察局，看到馬路對面的加油站，確認裡面有間小超市後，她迅速過了斑馬線。

進入超市後，伊琪用目光仔細檢視每個角落，接著將所有能做為防身武器的東西都丟進了購物籃。但就算是這樣也不過就是美工刀、防熊噴霧和照明彈之類的，但伊琪就像抓牢珍貴物品似的緊緊抓著背包帶，走到了外頭，接著在超市前攔了一輛計程車。

說出 google 地圖儲存的地點後，計程車司機透過後視鏡投來訝異的眼神，那眼神中明顯透露出「為何東方女子要在這時間獨自前往誘捕線入口？」的想法，但伊琪絲毫不以為意。

計程車在漆黑的道路上馳騁，廣播中傳出大雪預報的消息。過了永晝時期後，阿拉斯加的天氣晝夜分明，天氣也越來越變化莫測。車窗外是大雪紛飛。

計程車停在了河口。在雜亂茂密的水草之間，大雪是下得越來越猛烈張狂了。伊琪還是第一次遇到這種強度的大雪，她一下車，計程車就彷彿要趕著躲避暴風雪似的急忙離去。伊琪獨自走進了伸手不見五指的水草之間。

幸虧伊琪要去的地方並不是誘捕線的另一頭。可以在 google 地圖上搜尋到這些地點，就代表它們位於誘捕線內側，只不過那裡無人往來，所以並未鋪設任何道路。每走一步，伊琪的褲子就被水草纏住並劃破，不管再怎麼走，眼前見到的仍是高度及腰的水草。大雪導致前方視線不明，伊琪這才後悔自己沒有帶上護目鏡。

再往更深處走，處處可見設下的陷阱，若是一不小心陷入圈套，搞不好就永遠無法脫身了。

說時遲那時快，伊琪的腳被藤蔓絆到，整個人一屁股跌坐在地上。她好不容易站了起來，臉上卻到處被水草劃傷而流血，右手臂也開始感受到劇烈難忍的疼痛。伊琪趕緊用美工刀割斷了纏在鞋子上的藤蔓，接著再度往前走。她的口中吐出寒氣，身體逐漸失去了知覺。她感覺到自己迫切需要暖和的東西。

這時她看見遠處有微弱的火光，趨前一看，是從帳篷流瀉出來的火光，也能感覺到裡頭有人。根據google地圖中的箭頭，伊琪必須再往前走一段路。

那頭似乎也察覺到動靜，有人拉開帳篷走了出來。那是個年邁的白人男性，高個子，身上穿著老舊的The North Face夾克和破洞牛仔褲，腳上穿的是高筒靴，從他的服裝看來應該不是採獵者，他目不轉睛地盯著伊琪。

"I lost……"

伊琪本來打算說自己迷路，但說到一半卻停了下來。雖然一方面是因為嘴脣凍得發僵，但最主要的原因是她無法確定自己是否真的迷路了。在四面八方颳起暴風雪的此地，更精準的說法應該是「看不見路」。男子漫不經心地做出要她進來帳篷的手勢。帳篷內的燈光是如此溫暖，伊琪彷彿被吸入似的走入了帳篷。

這是個美軍用的隧道帳篷，看起來像個小型溫室的內部空間，有著簡易床鋪、小型暖爐、桶裝水和收音機，但播放的卻是粗獷的金屬樂。此人並非每週或每天遷移居住地的游牧民族，在他的身上沒有游牧民族該有的結實體格。伊琪認為，他是基於某種理由才躲到誘捕線來。

伊琪的腦袋開始進入戒備狀態，但身體卻不由自主地往暖爐前站。為了徹底吸收從暖爐散發出來的滾燙熱氣，伊琪盡可能將身體湊近。男人直勾勾地俯視伊琪，雖然他戴著口罩，外加將帽簷壓得很低，但從他凝視伊琪的眼神就能明確感覺到，與其說是在看一個人，那眼神更像在觀看獵物。

伊琪迴避男人的眼神，將帳篷的每個角落都掃視一遍，然後發現在簡易床鋪底下放了一把手槍。雖然瞬間感到驚慌，但她竭力不讓自己嚇到。這裡是阿拉斯加，表示任何人都有可能持有一把槍。為了維持平常心，伊琪做了個微微顫抖的深呼吸。

"Why are you here?"（妳為什麼在這？）

"It's a long story. And you?"（說來話長。你呢？）

"I am a runaway."（我是個逃亡者。）

"From what?"（要逃離什麼？）

"People?"（人群？）

"Police?"（警察？）

伊琪以開玩笑的口吻詢問，男人卻面無表情，令人不自在的沉默再次流淌於兩人之間。在帳篷的牆上能看到雜亂不堪的塗鴉，主要是讓人聯想到性的色情圖案。臀部、舌頭、斷裂的愛心、男性的性器官、嘴唇，接著伊琪的目光停在某個塗鴉上頭。那是個有巴掌大的粗劣圖案，是倒戴紳士帽的火柴人。那一刻，伊琪彷彿全身凍結了。

那男人知道時差幽靈嗎？這只是偶然嗎？伊琪的腦中頓時充滿了各種錯綜複雜的疑惑，她感到混亂不已，但必須保持腦袋清醒，因為可以肯定的是這個空間很危險。伊琪好不容易才移動自己的手，悄悄地將手伸入位於腰際的口袋，男人則是一眼就讀出伊琪不自然的動作意味著什麼。

"Where are you from?"（妳來自哪裡？）

"Korea."（韓國。）

外頭的強風吹得帳篷猛烈晃動，這時男人說聽不清楚聲音，緩慢地朝伊琪靠近並低聲說道：

"Welcome to United State."（歡迎來到美國。）

這一瞬間，在強風肆虐的聲音中，那男人的嗓音與艾力克斯．貝倫重疊，伊琪二話不說就拿起美工刀朝男人的臉劃去。即便臉頰流了血，也不見男人有半點猶豫，反而貌似很滿意的樣子咧嘴直笑。伊琪趕緊找到入口處並拉開帳篷，但由於是雙層帳篷，因此出現了下一個拉鍊。

男人不慌不忙地拿起手槍，轉眼間來到伊琪身旁。

"Can I help you?"（要我幫妳嗎？）

聽見男人的詢問後，伊琪一言不發地緩緩拉開下一個拉鍊，而男人只是靜靜站著，目不轉睛地盯著伊琪的側臉。拉鍊拉開後，伊琪隨即跑了出去，男人也追在伊琪後頭。男人的表情看起來很樂在其中，彷彿在享受把獵物放在掌心上把玩，下一秒便將其手到擒來的樂趣。

伊琪竭盡全力穿越暴風雪奔馳，後頭則傳來有人踩著雪走來的聲音。積雪的高度已來到伊琪的臀部，越往前走速度就越慢，直到某一刻，腳步聲消失了。伊琪懷著不祥的預感轉頭，隨即看到有四腳足印一路來到跟前。四個腳印，是動物嗎？伊琪大口喘著氣，這時男人的身影在大雪中緩緩現身。男人支起蜷伏在地面的身體，望著伊琪，他手腳並用地朝伊琪爬來，手上還拿著一把手槍。

男人伸長手臂，將槍口瞄準了伊琪的鼻尖，接著以帶有強烈壓迫感的眼神暗示伊琪放下刀子。伊琪不由自主地鬆手，美工刀掉落在雪地上，雖然全身都在顫抖，但伊琪並未要求男人饒她一命，而是丟出了另一道問題。

“What's your name?”（你叫什麼名字？）

男人對伊琪在這節骨眼還詢問他名字感到不可思議，露出了不懷好意的笑容。他好整以暇地回答：

“Call me honey.”（叫我親愛的。）

他油膩的口氣令伊琪反胃作嘔。

"What's your full name!"（你的全名是什麼！）

"Whatever."（隨便叫都行。）

伊琪心想自己非得知道這人的名字不可，她壓低身子避開槍口後，從口袋拿出防熊噴霧，卻噴不出任何東西，因為整罐噴霧的液體已經結凍了。男人吐了吐舌頭，似乎覺得眼前的獵物做垂死掙扎的模樣很有趣，伊琪乾脆舉起噴霧使勁朝男人的臉砸去。

趁男人的注意力分散的空檔，伊琪使出全身的力氣推開他。儘管如此，男人也不過是失去重心短短幾秒罷了，但伊琪鎖定的目標是手槍。伊琪像是要把男人凍得發紅的手扯下似的狠狠撕咬他，男人的手頓時冒出鮮血，手槍也掉落在雪地上。伊琪迅速撿起手槍瞄準男人。

大雪紛飛，令人視線不清，這又是伊琪生平第一次握著手槍，因此她的手抖個不停。隨著飄下的雪花細碎交疊，血跡轉眼間就看不見了，男人光看伊琪握手槍的樣子就知道她是第一次拿槍，但手槍內裝了子彈。男人自然也知曉，即便是年幼的孩子拿著上膛的手槍，也是會開火的。

"Tell me! What's your full name!"（告訴我你的全名！）

伊琪高聲吶喊，男人這下倒是好奇了起來，這名東方女子為什麼這麼想知道自己的名字。是想來誘捕線找人嗎？男人一步步靠近，伊琪使勁扣下扳機。砰！伊琪的身體因反作用力而震動，槍口朝著前方，一發子彈射了出去。

"Fuck!"（他媽的！）

男人對於子彈沒了大感惋惜。在誘捕線，子彈就等於糧食。他朝伊琪走近並下定決心，只要抓到那東方女人就要把她給殺了。

"My name is Murky."（我叫做莫奇。）

伊琪內心盼望他會說自己是艾力克斯·貝倫。她仔細觀察男人的臉，與通緝的模擬畫像有微妙的不同，說不定戴著倒轉紳士帽的火柴人塗鴉真的並無特別之處。伊琪的眼神中摻雜了失望與虛脫感，而就在這時候，男人趁機縱身撲向伊琪。

砰！

伊琪再次扣下扳機，子彈卻射歪了。眼見暴風雪越吹越猛烈，轉眼間雪白的帳幕就遮掩了一切。伊琪瞬間誤以為自己來到了天國，但彷彿要使人麻痺的寒意卻絲毫未減。雪盲症造成短暫失明，伊琪轉頭環顧四周，卻只看見白茫茫的一片。

砰！砰！砰！

恐懼感徹底包圍了伊琪，她朝著天地皆為白色覆蓋的世界掃射，但直到槍聲逐漸消停，四周卻依然靜謐無聲。男人被伊琪的槍打中了嗎？又或者他也正奮力與雪盲症對抗？男人所在的方向感覺不到任何動靜，也聽不到聲音。伊琪轉過身，獨自在純白的背景中踉蹌前行。

不知道走了多久，高度及臀的積雪導致伊琪的雙腿麻痹，什麼知覺都沒了。她沒法再繼續往前走，只能全身癱軟地倒臥在雪地上。伊琪的身體快速地埋入積雪，這時腦袋卻天馬行空地想像起黑洞。伊琪感覺自己正處於時空崩毀，就連身體的最小粒子都被吸入黑洞，接著穿越盡頭，最後抵達其他次元的時間。在它的盡頭會有什麼呢？

伊琪的視野受困於雪白的帳幕，不一會兒時差幽靈現身了。戴著倒轉紳士帽的臉彷彿嘲弄似的望著伊琪。如今時差幽靈是為了吞掉伊琪最後剩餘的時間，所以才來到這裡嗎？伊琪舉起毫無知覺的手臂，朝著時差幽靈扣下扳機。

砰！

那是錯覺。子彈並沒有打中時差幽靈，而是劃破伊琪的右手臂後飛了出去。溫熱的鮮血流個不停，皮膚感覺到一股熱氣，伊琪這才覺得身體暖和了起來。伊琪能做的就只有爬行，她猶如在雪地上蠕動的蚯蚓般，費力地朝先前時差幽靈站立之處匍匐前進。

伊琪每往前爬一步，鮮血便從傷口流出。她好不容易才撐起身體，卻再也動不了了。喀嚓，某處傳來了按下快門的聲音。伊琪忍不住懷疑起自己的耳朵，她環顧四周，再度聽到了聲音。

喀嚓──

分明是按快門的聲音。伊琪認得這個聲音，也記得手掌包覆相機的觸感。伊琪豎起耳朵細聽聲音，聽見了好幾次微弱的聲響，可是無論她再怎麼環顧周圍都不見半個人影。伊琪率先大喊：

「我在這裡！」

她持續吶喊著，直到有人聽見為止。她的視線逐漸變得模糊，這時卻聽見有人撥開水草飛奔過來的腳步聲。咚，伊琪這時才放鬆頭部，將身體的重量全交給雪地。

伊琪是被來到誘捕線附近設陷阱獵捕駝鹿的獵人發現的。她睜開眼睛時，看見了地上的急救箱，有個貌似獵人的人正在替伊琪的右手臂止血。

伊琪好不容易轉過頭，看到旁邊躺著另外一個人。那個腿上流著血的人，正是在誘捕線遇見的男人，在伊琪因雪盲症而失去短暫視覺時，似乎開槍射中了他。

警車也抵達了。警察急忙確認男人的指紋，之後便開始著手比對數位模擬畫像中的臉孔。

經過二十多分鐘，確認了他的罪犯身分。男人的手腕被銬上手銬，隨後就被擔架抬走了。

緊接著救護車抵達，醫療人員下了車，他們趕緊確認伊琪的傷勢，替她的右手臂打了麻醉藥。伊琪感受著滾燙的液體注入血管，再度閉上了眼。

IO

手術是在荷馬醫院進行的。手術結束後，伊琪右手臂纏上了厚繃帶，移至單人病房。伊琪躺在病床上望著天花板的同時，最先擔心的是手術費和病房費用。她想起曾聽說美國醫療費往往是天文數字，腦袋盤算著能從各個地方借到多少錢。

護理師走了進來，替伊琪說明了右手臂手術過程和出院日期。因為其中參雜了醫學用語，伊琪是利用 Apple Watch 才依稀聽懂幾個單字拼湊出意思，不過對方說醫療費在旅遊保險的給付範圍內，假如伊琪有買保險的話。聽到這裡，伊琪才放下心中的大石頭。

子彈擦過了皮膚表面，伊琪的傷口一共縫了十針。據說使用的是可吸收式的縫線，隨著傷口癒合就會被皮膚吸收。雖然身上有擦傷，但沒有骨折或斷裂的情況，只要早期做好消毒，子彈的毒性就不會深入體內。伊琪要求轉到非單人病房，但護理師只是聳聳肩便走了出去，緊接著等候在病房外的高譚和警察像在接棒似的一起走了進來。警察在伊琪的背包中發現了護照和打火機。

打火機上頭印著安克拉治的「Kim's 撞球場」，撞球場是 Kim's 民宿的金先生所經營。警察聯繫了撞球場，這個消息傳入了芬恩的耳朵，之後芬恩又聯繫了高譚。收到消息的當下，高譚立即就驅車來到了荷馬醫院。

高譚一臉盛怒，但伊琪一看到他就安心不少。

「醫師。」

「聽說您右手臂受了槍傷？」

「子彈沒有射進去。」

「是誰開的槍？」

高譚問道。

「是我。」

伊琪回答。

「您開槍射自己的右手臂？」

高譚很無言地反問。

「老實說是要射時差幽靈……」

可能是麻醉尚未完全退去，伊琪說話語無倫次，但她想起自己必須告訴高譚的話。

「謝謝您，謝謝您來這裡。」

伊琪說話的同時仍提心吊膽的，擔心這句話蘊含的真心會消逝。

「沒辦法啊，我可是監護人。」

「監護人？」

伊琪很訝異地反問，她做夢也沒想到高譚會這麼想。

「是啊，您是為了找我，大老遠特地跑到無親無故的阿拉斯加的患者，我自然就是監護人囉，別無選擇的監護人。」

「我給您添了好多麻煩呢。」

「既然被阿拉斯加召喚來，就只能接受囉。」

「您說得好像是阿拉斯加託付給您的。」

「您不是太過痛苦，所以在神智不清的狀態下開了槍嗎？還有關於那把槍，這裡的警察有話要問您。」

高譚轉身做出手勢，暗示警察現在可以提問了。警察開口後，自然是由高譚負責口譯。

「妳為什麼會持有莫奇的手槍？」

伊琪遇見的那名男人真的叫做莫奇。

「他威脅我，我只不過是自我防禦。那時我眼前突然變成一片白，什麼都看不到，只能胡亂掃射。這時，那男人好像也出現了雪盲症，因為他沒能躲開就被射中了。」

伊琪盡可能再次回想起當時的情況。莫奇朝她靠近，她逃跑了，之後在他撲向自己的瞬間，她扣下了扳機。警察也從莫奇的負傷程度大致猜想到當時的情況，同時也說明從莫奇的平板電腦和手機中發現了兒童性暴力的影片。

莫奇人還在醫院。預計等他動完取出子彈的手術後，就會送他去吃牢飯。伊琪向警察要求見莫奇一面。

九〇八號病房有兩名武裝警察站崗，高譚以監護人及口譯身分陪同伊琪進入。警察先替伊琪和高譚搜身，確認沒有任何異常後才替他們開門。

一走入病房，就看到莫奇的雙手被銬在病床護欄上，他隨即就認出了伊琪。根據警方的說法，莫奇的腿上中了槍，目前大腿纏上了繃帶。少了口罩和帽子，莫奇的臉要比想像中看來更蒼老。

看到曾發狠威脅伊琪的那張臉，高譚恨不得立刻送上一拳，但他看到伊琪沉著冷靜的側臉後硬是忍了下來。由於會客時間固定，能問的問題有限，因此不能摻入個人情感，也不能浪費任何一個字。高譚讓自己的心情平復下來，專心聽兩人的聲音。莫奇率先問道：

「妳為什麼好奇我的名字？」

「我在找人，艾力克斯·貝倫。」

莫奇不發一語，分明是在隱藏什麼。

「那天你為什麼戴著時差幽靈的面具來到幽靈船？」

聽到這個提問，莫奇很訝異地看著伊琪。

「我沒去過那裡。」

莫奇說得很肯定。

「你在古巴汽車旅館的游泳池畫了戴著倒轉紳士帽的火柴人吧？」

莫奇這次倒是苦惱了許久才點頭。

「那個塗鴉的名字是什麼？」

「聽說是叫做時差幽靈。」

聽到莫奇的回答，伊琪的身體不由自主地顫抖。

「可是你卻說自己不是那天在幽靈船上戴著那個面具的男人？」

「那大概……」

莫奇沒有作答，而是鬱悶地嘆了口氣。

「到此為止吧。」

伊琪沒辦法就此打住。

「警察在你的平板電腦中發現了兒童性暴力影片。」

高譚直接翻譯給莫奇聽，他平靜無波的眼神這才開始劇烈動搖。

「聽說數量還不少呢。」

伊琪趁勢再度刺激他。

「不是我拍的。」

莫奇為自己喊冤。

「那艘幽靈船，是在哪裡？」

這次換莫奇發問。

「是停泊在主教海灘上的幽靈船。」

「主教海灘……還跑到那邊……我本來還有點懷疑，看來他到現在還在交易啊。」

莫奇喃喃自語道。

「是在交易什麼？」

「沒什麼，反正我已經完蛋了。」

伊琪湊到莫奇的鼻尖，露出惡狠狠的表情，就連高譚也是第一次見到伊琪這個模樣。

「醫師，從現在開始將我說的話一字不漏地傳達給這男人。」

高譚點頭。

「莫奇，交易是指什麼，時差幽靈的面具又是怎麼回事？你分明知道什麼內情，最好給我說清楚。你那時在帳篷裡原本打算對我做什麼吧？為什麼不停在後頭追殺我？假如不好好回答這個問題，你就會一輩子待在監獄裡腐爛，而你平板電腦中的影片都會成為證據。」

「那影片不是我拍的！」

莫奇激動大喊，然後垂下頭說：

「我只是……只不過……是看而已。」

莫奇是個任職於水槽清潔業的資深清潔工，主要是在海洋博物館工作。因為臉上有兒時被嚴重燒傷的疤痕，他平時總是將半張臉遮掩起來，同事都認為他是個害羞、安靜且善良的人。

有一天，莫奇看到內華達州在通緝艾力克斯・貝倫的新聞，這也是他第一次見到自己長期與之交易的男人脫下面具的樣子。貝倫是個臉龐瘦弱的白人男性，擁有狹窄到顯得古怪的下巴、過度下垂的眼尾、鷹勾鼻與藍眼睛。

莫奇是艾力克斯・貝倫拍攝的淫穢影片的熱血買家。貝倫會和少數能確定身分的人親自碰面並進行鉅額交易，在這個就連 Telegram 都有警察潛入的年代，他判斷採用傳統方法更為安全。就在艾力克斯・貝倫成了亡命之徒之際，他跑去找自己交易最久也最小心翼翼的客戶，也就是莫奇。

艾力克斯・貝倫像平常一樣使用 Telegram 跟莫奇聯繫。過去他所傳送的訊息上頭就只有地點和時間，除此之外別無其他。交易主要是在萬聖節進行，他們會戴著面具見面，造型就是倒轉紳士帽的面具。面具是買家與賣家的信號，也是他們的專屬簽名。

這時莫奇已經不想再和成為國際通緝犯的艾力克斯．貝倫有所往來，但他手上的貨總是最上等、品質最好的。

來到指定地點後，艾力克斯．貝倫表示，只要莫奇招待他到自己的家，就會提供最新影片，這言下之意，就是要求莫奇讓他藏身。莫奇把貝倫提供的影片當成報酬，點頭答應了。

他們轉身離開停泊於港口的形形色色遊艇，前往位於陸地內側的山中小屋。小屋內沒有任何房間，中間就只擺了個暖爐。

兩人就這樣展開了奇妙的同居生活。

當光線變得朦朧昏暗，莫奇就會來到倉庫去拿要放入暖爐的柴火。而在這段時間，倉庫內總會傳出年幼孩子恐懼慘叫的聲音。平板電腦內的聲音叫得越大聲，莫奇也就越興奮難抑。

直到有一天，莫奇一如往常享受著這段美好的倉庫時光，卻察覺到角落有不尋常的動靜。莫奇停止動作，悄悄地轉過頭，發現艾力克斯．貝倫正躲在柴火後方拍攝莫奇的一舉一動。在月光的照耀下，依稀可見貝倫的臉上掛著殺氣騰騰的微笑。

羞恥心油然升起，莫奇的身體不住顫抖。艾力克斯．貝倫說，今天不是第一次拍攝，惡狠狠地警告他萬一哪天輕舉妄動，透漏了自己的藏身處，就會將他的真面目昭告天下。

莫奇就這樣過起了奴隸生活，從信用卡密碼到駕照、護照、房契，莫奇的所有個資都掌握在貝倫的手上。他甚至平時總是掩住半張臉，偽裝成莫奇的樣子行動。

為了預防警方搜查，艾力克斯・貝倫開始在小屋周圍設置陷阱，莫奇也對逐漸窒息的生活感到畏懼，有天深夜，他避開艾力克斯・貝倫的耳目，逃出了自己的小屋。

說完來龍去脈後，莫奇無力地垂下頭。根據他的說法，伊琪在幽靈船上見到的時差幽靈，或許真是艾力克斯・貝倫，而且他還大膽地選在萬聖節，為了再次進行交易而現身。換句話說，他的犯罪行為仍是現在進行式。

伊琪和高譚回到病房時，護理師已經在旁等候，規勸伊琪參加戒掉大麻的自助聚會，這代表血液中的鎮痛性大麻成分的數值極高。如今就算宣稱是為了治療病痛也於事無補了。

「竟然在阿拉斯加被當成了大麻成癮者。」

「參加自助聚會比較好。」

高譚將加熱的四物湯遞給伊琪。

「喝吧，有助於改善虛火。」

伊琪接過了裝有四物湯的杯子。左手被溫熱的氣息包覆後，紛亂的心似乎也稍稍沉澱了。

高譚坐在摺疊床上與伊琪對望。

「要告訴警察嗎？」

面對高譚的問題，伊琪短暫陷入沉思。

「警察會相信莫奇的話嗎？應該會先著手調查莫奇手機中的影片是否真為艾力克斯・貝倫所拍攝的吧。但我現在必須去小屋確認貝倫的長相。全美國正在通緝的罪犯會開車，這代表只要他一察覺就會立即逃亡。」

聽到伊琪的話後，高譚再次問道：

「為什麼這麼不相信警察呢？」

伊琪冷靜地回答：

「因為這是阿拉斯加給予的唯一機會，而且能在阿拉斯加一眼就認出艾力克斯・貝倫的人就只有我。」

最後高譚點點頭說：

「那我們現在就去莫奇的小屋吧。」

II

車子在靜寂之中馳騁，而後停在了休息站前。伊琪訝異地望著高譚。

「為什麼停下來了？我們沒有時間休息。」

「別擔心，兩小時就抵達蘇厄德[15]了。」

「醫師您不去也沒關係，如果是顧慮女生一個人獨自前往什麼的，您大可不必在意。」

高譚知道伊琪只是故作堅強。

「我看您是誤會了，那個位置剛好是在黑色池塘附近，所以我是去挖藥草的。」

「黑色池塘？」

「是冰河融化後形成的池塘，那邊有很好的藥草，反正也順路。您也沒辦法自己開車，可真是麻煩啊。」

「啊，抱歉。」

15 美國阿拉斯加州的一座城市，人口約兩千多人。

伊琪很難為情地回答。

「下車吧，在休息站喝個咖啡，也能清醒一點。」

高譚從駕駛座下車，伸了個大懶腰。時間是凌晨三點，休息站內就只有伊琪和高譚兩人。高譚從販賣機買了兩杯咖啡回來。喝下甜甜的熱咖啡後，伊琪徹底緊繃的身體也暫時放鬆了。她靜靜地望著高譚的臉。

「為什麼一直盯著我看？」

高譚詢問道，同時目光往下移至咖啡上頭。

「沒什麼……很自然地就看了。」

「為什麼？覺得這會是最後一次嗎？」

「不是那樣的……」

伊琪想不出下一句該說什麼。有別於自己打算前往的目的地，休息站內是如此安靜，與高譚對視的此刻又是無比祥和。伊琪無從得知這是高譚本身帶有的力量，又或者是不知從何時開始，在兩人之間流動的特殊情愫所造成的。

「我們出發吧？」

高譚率先打破了沉默。伊琪和高譚起身，走出了休息站。

走到停車場時，某處傳來了BlackPink的歌曲。走近一看，是芬恩的小貨車。駕駛座的車窗往下降，芬恩探出頭來。

「女士！」

「芬恩，你為什麼……」

小貨車的後座車門開啟，隨即看到鄭女士、卡羅琳和里斗都坐在裡頭。

「大家為什麼……」

「我不是說過了嗎？要去挖藥草。」

跟在後頭走來的高譚說道。

「大家一起嗎？」

「對。」

高譚打開了小貨車的後車廂，裡面有鐮刀、犁、球棒和菜刀。

「鐮刀和犁？刀子也就罷了，球棒是怎麼回事？」

伊琪感覺很傻眼，高譚則是不以為意地回答：

「要是挖藥草覺得無聊，就打算打個棒球。」

鄭女士的腰間上繫著手槍。

「鄭，那是真的槍嗎？」

「當然，也有可能遇到熊啊。」

「訂婚旅行呢？應該不是已經去完回來……」

伊琪輪番看著卡羅琳和鄭女士說道。

「我們決定來這裡。」

鄭女士愉快地回答。

「大家是跟著我來的嗎？」

「妳在說什麼呀！就說是去挖藥草的呀。」

芬恩啟動了車子。

「感覺是跟著我來的……」

「嗯，反正就順便去一下伊琪小姐要去的地方。」

「沒關係嗎？」

「其他的難說，至少大家一起去就不會覺得冷了。」

伊琪不禁失笑，原本猶如灌滿氣球般的緊張感一下子洩了氣，同時擔心自己會不會置這些人於險地，但有別於伊琪的擔憂，大家倒像是去哪兒野餐兜風似的一片歡樂。

伊琪上了高譚車子的副駕駛座。車子快速進入了蘇厄德的高速公路。兩台車轉眼間抵達了占地遼闊的森林前。

大家下車後，鄭女士說自己要打頭陣。

「只有我是美國公民啊，而且我槍法又好。我在教會時很認真跑射擊場，也去狩獵過許多次，就算那人威脅我，我也算是正當防衛。畢竟我是奉公守法的美國公民。各位要不是擁有永久居留權，不然就只是觀光客不是嗎？這在法律上是很危險的。大家就儘管跟著我吧，那種兔崽子就應該趁早解決。」

「不行，鄭女士，不能把那人殺了。」

聽到高譚的話後，鄭女士反問為什麼不行。

「還沒把所有事情查清楚，還有其他以觀看影片為樂、令人作嘔的顧客。只有逮捕艾力克斯．貝倫，才能知道他們有幾個人，現在人又在哪裡。」

伊琪也靜靜地點頭。

「啊，氣死人了。」

鄭女士一臉好不容易才壓下怒氣的模樣。眾人之間短暫流過一股靜寂，接著高譚說出了事先想好的計畫。

「我們的目標是讓伊琪指認艾力克斯．貝倫，接下來就必須交給警方。為了以防萬一，里斗最好待在車上。要是我們沒有在一小時內回來，就請里斗聯繫警方。伊琪和我帶頭。卡羅琳、鄭女士和芬恩請在後頭待命。」

說完後，高譚率先走在前頭，其他人依序走入了森林。

他們走了很長一段時間，看見一個漆黑如墨的巨大水坑。這個稱為黑色池塘的漆黑水池內，有許多珍貴的微生物生存，周圍長了獨特的苔蘚或草類，長久以來阿拉斯加的原住民都將它們當成藥草使用。高譚也是從他們身上學習到關於藥草的知識。

「抓到那人之後就來這挖藥草。」

高譚帶著自信對伊琪說道。伊琪雖然知道這只是個水坑，但仍靜靜地注視著這個難以目測水深的漆黑池子。有那麼幾秒鐘，她兀自想像著自己在高譚身旁悠閒挖藥草的模樣，但她隨即甩了甩頭，要自己別太沉浸於傷感之中，再度邁開步伐。

一行人經過黑色池塘，撥開水草往前行，直到眼前出現了一棟小屋，門前還停了一輛卡車。房子的外觀與莫奇的描述如出一轍，鄭女士、卡羅琳和芬恩停在此處待命，伊琪和高譚則朝小屋走去。

「看到臉之後能認得出來嗎？」

「認得出來，那傢伙的模擬畫像，我看好幾百遍了。」

「敲門後要先說什麼？」

「說迷路了？」

伊琪跨出一步，碰巧踩到樹枝，發出了「啪」的一聲。說時遲那時快，頭頂上隨即掉下一個巨網。是陷阱。隨後，一個戴著鴨舌帽的男人開門走了出來。鴨舌帽男人看著在巨網中奮力掙扎的伊琪和高譚，伊琪則試圖在網子中穩住重心，想看清楚鴨舌帽男人的臉。

“I'm sorry. Why did you come here?”（抱歉，兩位為什麼來到這裡？）

“This is not even a trap line, why do you set a trap? It's illegal.”（這裡又不是誘捕線，為什麼你要設置陷阱？這是違法的。）

“People usually don't come here.”（人們通常不會來這裡。）

“Will you release the net?”（你可以鬆開網子嗎？）

高譚問完後，鴨舌帽男人貌似在思考般看著前方，後來才望向伊琪。

“I remembered! We met on Halloween party, right?”（我想起來了，我們曾在萬聖節派對上見過對吧？）

“What kind of Halloween party?”（什麼樣的萬聖節派對？）

伊琪問完後，鴨舌帽男人也反問。

“You can tell me.”（妳不妨說說看。）

“Greenwich Kindergarten?”（格林威治幼兒園？）

伊琪一字一字清楚地說道，而那人的嘴角微微上揚。那個微笑就像在吟味自己在幼兒園時的回憶。如今一切都變得明確，那令人忘不了的藍色眼眸，正是艾力克斯．貝倫。

艾力克斯．貝倫從口袋取出手槍時，砰！剎時稍遠處響起了槍聲。鄭女士先發制人，卡羅琳手持球棒，芬恩則是拿著鐮刀衝了過來。艾力克斯．貝倫將槍口對準網子，暗示要是他們敢輕舉妄動，自己就會開槍。鄭女士、卡羅琳和芬恩同時遲疑了。

"Put the gun down. Other stuffs too."（把槍放下，包括其他東西。）

鄭女士最先放下了槍，卡羅琳和芬恩也跟著放下工具。

"Who do you guys think you are? Avengers?"（你們以為自己是什麼？復仇者聯盟嗎？）

艾力克斯．貝倫嘲笑似的說道。高譚好不容易才移動被網子纏住的手，碰到放在口袋的手機。芬恩察覺了高譚的動作，開始緩緩地哼起歌曲，身體跟著律動，開始跳起BlackPink的〈Pink Venom〉舞步。芬恩華麗的舞步讓艾力克斯．貝倫一時分了神，鄭女士和卡羅琳也跟著胡亂跳起舞來。高譚趁隙連續按了三次手機電源按鈕，空中頓時響起了「嗶咿咿咿咿！」的聲音。

"What the fuck!"（他媽的！）

高譚發出了緊急信號，鄭女士以迅雷不及掩耳的速度撿起放在地上的槍，朝艾力克斯．貝倫的手臂開槍。貝倫發出了痛苦的呻吟聲，拿在手上的槍也應聲掉落。芬恩趁機攀上他的背部制伏他，卡羅琳則趁這時趕緊掀起網子，幫助伊琪和高譚脫逃。

伊琪拿起放在地上的鐮刀，往下俯視痛得在地上打滾的艾力克斯・貝倫，然後大手一揮舉起鐮刀。沒人出面勸阻她，大家都只是退後了一步。

「我要殺了你。」

"No, no!"（不、不！）

「我要將你碎屍萬段！連同那些被你吞噬的孩子的份！」

艾力克斯・貝倫在伊琪的面前恐懼地顫抖。伊琪看著他動搖的眼神，毫不保留地表現出內心湧現的憤怒。他是個卑微懦弱之人，而非不懂恐懼為何物的人。伊琪不知道該如何看待這件事，只好將手中的鐮刀用力砸向地面。她感到一片茫然，不曉得該用什麼方式來救贖曾經在他面前恐懼發抖的孩子們。

紗裕，她想起了朴紗裕。

高譚的眼神緊緊追隨著伊琪顫抖不止、彷彿下一秒就會倒下的背影。遠處傳來了警車的警笛聲。高譚小心翼翼地將手放在伊琪的肩膀上。

「從現在開始就交給警方吧。」

伊琪蹲在黑色池塘最邊緣的位置上，用小鋤頭將野生植物連根拔起，至於高譚、里斗、芬恩、鄭女士和卡羅琳，也都動作老練地挖著藥草。伊琪的臉上掛著一顆顆汗珠，她難以區分眼前這情況，究竟是自己幾小時前的想像，又或者是現實。她突然望著高譚說：

「為什麼我說要殺艾力克斯．貝倫時沒有攔著我呢？我是真的打算殺他耶。」

伊琪朝著高譚發問，但事實上是在詢問所有人。

「因為覺得您下不了手。」

「為什麼？以為我會怕自己被抓去坐牢嗎？」

「不是的。」

「那為什麼？」

高譚露出一副「您當真不知道嗎？」的表情回答道：

「因為您剛才不是用右手拿著鐮刀嗎？」

伊琪這時才意識到自己是用右手拿著小鋤頭。

「您用那隻整整一年沒辦法拿任何東西的右手，誰會覺得您能殺人呢？」

伊琪看著自己拿著小鋤頭的右手，當下並未感覺到任何疼痛。

「挖完藥草後就直接去韓醫院吧。」

回到韓醫院後，高譚戴上了衛生手套，接著把黏稠糊狀的草藥，塗滿伊琪的右肩膀到手腕，甚至是指尖。這是用從黑色池塘摘回來的藥草製作的。

「那不是冰河融化後的水嗎？那裡面不是會有人類尚未研究過的病毒之類的嗎？」

「是有可能。」

「什麼？」

「看您還能討價還價，應該是好多了。」

高譚說的沒錯。在這之前，伊琪可是個就連智異山般若峰上的苔蘚都願意熬煮來食用的人。

「要是誰聽見了，會說您是偽醫師。」

「魏醫師？」

「偽，假的。」

「您說的話還真讓人搞不懂。」

「醫師您不知道才奇怪呢，看來這裡都沒播時下的韓劇或韓綜吧？」

也不知道高譚是覺得哪裡奇怪，只見他歪頭納悶，喃喃說了好幾次「偽醫師」。

「等一小時後洗掉就行了。」

時間已經是凌晨兩點。從蘇厄德回到荷馬後，只有高譚和伊琪來到了阿拉斯加韓醫院。

「明天再試一次吧。」

「試什麼？」

「剪指甲。」

伊琪注視著自己過長且到處裂開、慘不忍睹的右手指甲，頓時意識到高譚正看著自己的手，因此感到很難為情。

「有辦法剪嗎？」

「就試試看吧，您不也拿起鐮刀了嗎？還用那隻手挖了藥草。」

「好的。」

「我開車送您回去。」

「沒關係，很近。」

「阿拉斯加現在也十一月了，而且還是凌晨，要是就這樣出門會結凍的。」

高譚看著伊琪塗上藥草的右手臂說道。

「好的，那就麻煩了。」

不知不覺的，她來到這裡已快三個月，眼見簽證就要到期，距離離開的日子不遠了。

伊琪小心地坐上副駕駛座，確保右手臂上頭的藥草不會沾上車子的任何地方。車子發動後，甚至花不到五分鐘就抵達了古巴汽車旅館的入口。

「假設複雜性局部疼痛症候群消失了，您最想做什麼？」

這是過去伊琪生怕自己會大失所望而有意迴避的問題，但萬一真的能夠如願，伊琪很肯定自己會過著與先前截然不同的人生。在這之前，伊琪沒有勇氣和信心去相信自己具有什麼樣的潛力，但現在她想做出改變。伊琪以彷彿已經實現願望般的口吻回答：

「我想和醫師您……一起分享天婦羅海鮮烏龍麵。只不過不是在冰河上頭，而是在……房裡？」

高譚握著方向盤的手可明顯看出加重了力道。有好一段時間，兩人沉默不語，但後來伊琪以淡然的口吻對高譚的側臉把話說完。

「醫師，我喜歡您。我不認為您喜歡我，但就算是這樣也無妨，因為託您的福，我在阿拉斯加獲得了全新的生活。」

但高譚並沒有回過頭，伊琪打開車門逕自下了車。直到伊琪走入汽車旅館的入口，再也看不見人影之前，車子始終停留在原地沒有離去。高譚做了好幾次深呼吸，才總算啟動車子出發。

隔天，全美國大肆報導艾力克斯·貝倫在蘇厄德遭到逮捕的新聞，荷馬地方報紙也刊登了阿拉斯加韓醫院的高譚韓醫師，與朋友們聯手抓到罪犯的消息。自從這天之後，韓醫院多了許多把錢放入錢筒，或是贈送紅酒、伏特加、畫作、信件、大麻、鮮花和巧克力等東西的人。多虧於此，里斗的花園也多了一筆可觀的收入。

伊琪自行解開了纏在右手上的繃帶。雖然縫合的傷口已經痊癒了，但為了保險起見，她仍去荷馬醫院做了檢查。醫生診斷現在傷口已經癒合了，但伊琪很好奇，雖然表面上傷口已經癒合，但右手臂內的細胞是否也完全忘記了痛苦。

醫院要求伊琪參加上次沒能參加的自助聚會。為了從醫院那裡拿到旅行保險需要的文件，最好還是聽命行事。

伊琪來到了位於醫院最頂樓的會議室。十多名患者圍成一個圓坐著，伊琪也在空位上坐下。看似聚會主持人的五十多歲白人女性在圓形中央說話，貼在胸口的名牌上寫著瑪格麗特。有人的手不受控地發抖，有人的嘴巴不由自主地流下了口水，有人以雙手交叉於胸前的姿勢在睡覺，但儘管如此，也沒人去搖醒睡覺的人，或者要求他們坐好之類的。大家雖然同處一個空間，卻尊重各自的沉默、姿態與處境。伊琪的內心很快就平靜下來，放在桌面上的紅茶和餅乾也很美味。

原本只打算來露個臉，後來伊琪卻整整參加了一個禮拜。聚會主持人瑪格麗特的柔和聲音讓伊琪感到平靜。就算只是坐著聽其他人說各種形形色色的故事（雖然不是每個人的故事都聽到），時間也過得很快，直到有一天，有個詞彙吸引了伊琪的注意，那就是「搜索日」。

「搜索日是什麼？」

聽到伊琪的問題後，大家都一臉訝異。既然是以搜尋為名，看來並不是什麼祝賀的日子。

附近居民似乎都很清楚這個詞彙的意思，瑪格麗特仔細地說明何謂搜索日，碰到聽不太懂的部分，伊琪就會拜託她再說一次。

搜索日，指的是在阿拉斯加誘捕線另一頭進行搜查的特定時期。這個搜查團體每年會召募志工，從費爾班克斯出發。在隆冬來臨、暴風雪毫無慈悲地發動猛烈攻擊之前，搜查隊會出發前去尋找「軀體」。所謂的「軀體」，指的是在誘捕線另一頭深處，尚未被發現就已經死亡並遭到埋沒的旅者，或與大自然搏鬥後（主要是遭野生動物襲擊或碰到劇烈的天氣變化）死去的採獵者屍體。

伊琪這才意識到高譚在尋找「妻子的軀體」。

"Do you know Godam?"（你認識高譚嗎？）

伊琪剛問完，大家就各自提供了關於高譚的情報。瑪格麗特說他的太太曾經是這裡的成員，名字是銀河。

伊琪想起先前里斗提供迷幻蘑菇給她的那天，高譚怒氣沖沖拉高嗓門的模樣。銀河曾是這裡的成員，就代表她是大麻成癮者。成員們接二連三地分享關於銀河的回憶，後來還有人打趣道，說她現在擺脫成癮的地獄了。

她曾是個親切和善的人，同時也是個陰沉的人。隨著折磨她的皮膚炎好轉，原以為從此就能海闊天空，可是其他部位卻發病了。高譚勸銀河回韓國去動手術，銀河卻不肯，診斷出來時已經是第四期了。大約在肺癌侵入血管，咳出的痰也摻有血絲的時候，病痛開始加劇，銀河於是私下購買吩坦尼貼片[16]，直到某一天，她自行跨越了誘捕線。

“6 years ago. Eunha bought an anesthetic from a broker before she leave for the bush.”（六年前，銀河獨自去荒野地區時，曾私下向藥頭購買止痛藥。）

“Why did she need it?”（她為什麼需要？）

“She wanted to anesthetize herself slowly. Finally she became feed.”（她想要慢慢麻痺自己，最後她成了動物的食物。）

伊琪感覺自己就像在參加一場哀傷的英語聽力測驗。其他成員的對話持續下去。

“I don’t think Eunha went to the bush because of what Bob said. It’s an excuse for Godam.”（我不認為銀河是因為鮑伯所說的話才去的，這只是高譚的藉口。）

“Why?”（為什麼？）

伊琪冷不防地介入他們的對話。

“To remain a fairy tale story?”（想要留下美好的童話故事吧？）

16 Fentanyl patch，經皮膚吸收的類鴉片止痛劑，主要用於慢性疼痛和頑固性疼痛，常見的副作用包括噁心、嘔吐、便祕及嗜睡等。

I2

伊琪抵達阿拉斯加韓醫院時，門上貼著「Closed」的木牌。她轉動一下門把，門打開了，進去之後看見了一名男人，而高譚正在整理藥材抽屜。

那男人的樣子看起來很眼熟。深褐色皮膚和脖子上有多個紋身，他正是在海邊單手將伊琪拉起的男人。伊琪頓時感到很難為情，生怕他會認出自己。這時高譚看見伊琪，將男人介紹給她認識。

「啊，伊琪小姐，來打聲招呼吧，這是鮑伯，就是論文中出現的那位朋友。」

伊琪吃驚地望著男人。最初引領伊琪來到阿拉斯加的人，此時就在她眼前。

"Hello."（你好。）

面對伊琪的問候，鮑伯只是簡單地點了一下頭。

「鮑伯是不說話的，他立志傳承部落的珍貴故事，因此無法開口說話。」

「部落？」

「部落會決定故事的繼承人，而鮑伯接下了這個任務。」

伊琪心想，反正之前根本也不可能通什麼電話，因此強烈地感覺到阿拉斯加真的在召喚自己。在高譚代替鮑伯解釋來龍去脈時，鮑伯也只是一動也不動的靜靜坐著，猶如一名獨自在深山修行的僧侶，如如不動的專注於呼吸。

鮑伯從外表上看起來像四十多歲，但聽說現在才二十出頭。鮑伯曾經是阿拉斯加隨處可見、漫無目標且只會咒罵資本主義的十多歲孩子。才十多歲，他就深陷酒精與各種大麻的癮頭而無法自拔，也常去搶同儕白人小孩的錢，直到他的腿上挨了刀為止。雖然手術很順利，之後疼痛感卻形影不離。就這樣，鮑伯在十七歲時被診斷出複雜性局部疼痛症候群。

「是怎麼治好的呢？」

“Bob. I think you'd better answer it yourself from here.”（鮑伯，我想從這裡開始最好由你親自回答。）

鮑伯接過高譚給的筆之後，開始沉著地在紙張上寫下自己的治療過程。由於鮑伯寫的字體潦草，因此由高譚替他翻譯成韓語。

我動完手術後，因為腿實在太痛，所以跑遍了阿拉斯加各種醫院。我很痛恨由白人經營的醫院，但我甚至去了那裡，拜託對方讓我不再疼痛，可是沒有一家醫院能治好我的病，直到我來到了阿拉斯加韓醫院。

高譚醫師表示自己持續在鑽研因紐特人的自然療法，很看好其效果，而當時的我對因紐特人的醫學不屑一顧，所以聽到之後有些無所適從，畢竟我也長期受到西方思維的耳濡目染。總之，透過和高譚醫師的對話，我開始信任我們部落的治療方法，也打聽到有部落成員居住在誘捕線的另一頭。在那個地方，依然居住著不到十個、極少數的因紐特族。

我在搜索日與高譚一起跨越誘捕線，跟他們見了一面。根據他們的說法，若是想摘除附著在我腿上的幽靈，就必須赤身露體去更遙遠的地方，他們還說了——

你必須在那裡親自埋葬幽靈。

伊琪聽到這裡開始沒了頭緒。她究竟是得去哪裡？鮑伯再次提起筆。

在能聽見鯨魚放屁聲的地方。

「他真的這樣寫？」

伊琪懷疑高譚的口譯有誤。

「他真的這樣寫。」

「聽見鯨魚放屁聲的地方是什麼意思？」

「鮑伯說的是位置。」

「位置？」

「鮑伯說自己在那裡遇見了幽靈。」

伊琪心情很鬱悶地看著鮑伯說：

"I've never been there, nor have I found it on Google Maps. Do the Alaska Native have a special map?"（我從來沒有去過，也沒有在google地圖搜尋到這個地方。阿拉斯加原住民的地圖跟別人不一樣嗎？）

鮑伯很專注地思考，接著再度提筆揮舞潦草字體。

那些白人渾球奪走的地方。

這令人費解的回答，高譚倒是看懂了。

"Do you mean the Pratt Museum, Bob?"（鮑伯，你是指普拉特博物館嗎？）

鮑伯點點頭。伊琪曾在荷馬觀光導覽手冊上看過，那個地方展示了阿拉斯加原住民實際曾經使用的狩獵武器，以及衣食住行使用的物品，若是一般的荷馬觀光客想必都逛過一次。伊琪起身對高譚說：

「我們去看看吧？」

伊琪搭乘高譚駕駛的車子抵達了普拉特博物館。他們一走進入口，就看到寬敞蓊鬱的庭園有獨特植物形成的群落，也有好幾棟木造建築物。每棟房子都有一個展區，第一個展區是魚類，第二個展區是化石，第三個展區是阿拉斯加部落的傳統風俗，猶如阿拉斯加版的民俗村。

高譚將腳步移向第四個展區，伊琪也跟著走了進去。才剛走進去，就看到熊、狼、北極狐等野生動物的標本。

「這些都是真的嗎？」

「對。」

伊琪皺起了臉，因為腦中浮現了狩獵後將動物的內臟取出，再將防腐劑放入的景象。高譚看到她的表情後補充說明：

「聽說這裡只展示受傷或已經死亡的動物。」

「就算是這樣，為何偏偏在這裡，又用這種方式展示。」

「野生動物一旦受傷就會死亡，因為沒有抗生素。牠們會逐漸變得衰弱，變成其他動物的獵物。畢竟是個連麻醉藥都沒有的地方，牠們只能痛苦下去。」

「如果躲到不會變成獵物的地方呢？」

「受傷的動物們確實會躲到更深處，徹徹底底的深處。」

「是在進行自然療癒嗎？」

再往前多走一會，出現了因紐特族的照片，乍看之下裡面的人跟鮑伯長得很像。在玻璃櫃內展示著歷史悠久的地圖書，仔細一看，發現相較於整個阿拉斯加，荷馬所占的面積不過只有一根小指頭的大小。

地圖上顯示了廣闊的迪納利國家公園及無名之地，但即便是那無名之地，因紐特族依然為其賦予了名字。他們認為每塊土地都有精靈，聖埃利亞斯山脈被推崇為精靈之家，即是最具代表性的例子。

在展示的地圖書旁有個螢幕，是將地圖書掃描存檔後設計而成。伊琪一碰觸螢幕，上頭便以英文顯示部落賦予的地名。

白鳥乘風之地，禿鷲摔跤之地，母喚父不喚之地，燙屁股奔跑之地，無你無我之地，雪花吞月之地，風二霧三。

看完這些地名，緊接著看到了「鯨魚發出屁聲之地」。一點擊該地名，隨即出現了從迪納利國家公園入口處如何前往的路徑。實際距離自然要比地圖上看到的遠上許多，但光是有個能夠前往的座標存在，就足以令伊琪心臟撲通狂跳不止。鮑伯在這個地方經歷了某種經驗，伊琪雖然努力試著想像畫面，但腦海中只浮現了冷冽逼人的暴風雪。

「要不要喝杯熱可可？」

聽到高譚的詢問，伊琪好不容易才從滿腦子的暴風雪中走出來。

他們站在博物館庭院的自動販賣機前，高譚買了兩杯冒著裊裊熱氣的熱可可，然後將一杯遞給了伊琪。伊琪將紗裕上傳到 Instagram 的「唯雪之地」照片拿給高譚看。

「這會是在阿拉斯加誘捕線的另一頭嗎？」

高譚看到後搖了搖頭。

「從誘捕線另一頭開始就無從得知那裡是格陵蘭、加拿大、芬蘭或俄羅斯的摩爾曼斯克。光看照片很難看出是北極圈的哪裡。」

「是嗎？」

「那知道冰雪王國是哪裡嗎？」

「不知道。」

「在誘捕線的另一頭完全沒有任何國家的感覺。在荒野，國家又有什麼意義呢？」

「但無論是哪個部落，都會為那片土地賦予屬於自己的名字吧？」

「應該是吧，用最先到達之人取的名字。」

高譚雖然回得若無其事，卻感覺到該來的終究還是來了。阿拉斯加前所未有地強烈召喚著伊琪。

事實上，高譚原本打算即便鮑伯回到荷馬，也介紹他給伊琪認識，因為知道鮑伯的故事會吸引伊琪前往誘捕線的另一頭，但伊琪在那個時間點陷入了更深沉的絕望。高譚無可奈何，哪怕是為了將伊琪從泥沼中拯救出來，他也有必要傳達鮑伯的故事。

向來都是這樣的，高譚雖然不情願，卻莫名成了阿拉斯加的媒介。銀河是那樣，鮑伯是那樣，如今伊琪也不例外，彷彿他成了替阿拉斯加與受到阿拉斯加召喚之人牽線的神巫，他總是突然就被捲入，等到回過神來，對方已做出了「我要跨越誘捕線」的結論。

「醫師，我要去，我要去誘捕線的另一頭。」

「去哪裡？」

「鯨魚放屁的地方。」

「我認為您現在正在逐漸恢復。要跨越誘捕線，同時也意味著可能回不來。」

艾力克斯．貝倫已經逮捕歸案，右手也正在恢復了，可是伊琪並不認為這樣等於痊癒，她覺得時差幽靈至今仍攀掛在右手臂上頭。高譚想最後一次說服伊琪。

「伊琪小姐，據我所知，誘捕線另一頭什麼都可能發生，所以可能看起來很浪漫吧？但現實是很凶殘的。那裡有各式各樣神祕的故事，但那不過是在殘酷環境中因為精神混亂而創造出來的故事罷了，事實上大自然對於人類看到什麼、感覺到什麼、領悟到什麼，一點也不在乎。」

「少說笑了，您明明也相信魔法那類的。」

伊琪神準地讀出了高譚的心思，也一眼就看穿他口是心非。

「假裝理性那套已經不管用了，您以為是在拍什麼紀錄片嗎？」

「就算我說，不如乾脆去雪山健行怎麼樣，您也執意要去吧？」

「對。」

高譚靜靜地點頭，伊琪隱約地覺得高譚是在訴說，我懂妳的心情。

「那現在必須去一趟針灸室。」

「針灸室？」

「去韓醫院。」

「為什麼？」

「從前的書生說過，不可與未在足三里穴上針灸之人一同出遊。走吧，去停車場。」

聽到高譚說完這番神祕的話後，伊琪歪著腦袋追上去了。

伊琪把已經冷掉的可可帶到阿拉斯加韓醫院來喝。

「請坐。」

高譚將伊琪的褲子往上拉到大腿上方，接著將針扎在足三里穴[17]上頭。感受到高譚的手部動作，伊琪的身體微妙地顫動起來，所以努力想集中精神想別的事情，後來她突然好奇起韓醫院錢筒上寫的字。

「為什麼錢筒的名稱是donation？是要替什麼募款？」

「是在替每年搜索日需要的費用募款，像是租借雪上摩托車、登山裝備、燃油那類的，所以花費不少。」

「那韓醫院要怎麼營運？」

「韓醫院的營運費會從募款箱取出百分之三十五，剩下的都用在搜索日。」

「為什麼不是百分之三十或四十，而是百分之三十五？」

「啊，是因為……三十五這個數字具有意義。」

「什麼意義？」

高譚遲疑了一會才回答。

「我太太的年紀停留在三十五歲。」

高譚為了尋找六年前消失於誘捕線另一頭的太太而參加了搜索日，當時她的年紀是三十五

17 足三里又稱「長壽穴」，自古有「灸足三里，得長壽」的說法，認為常灸足三里能增強體質、祛病延年。

歲。令人尷尬的沉默流過，等針灸結束後，高譚便將貼布遞給伊琪，並要她在徒步旅行期間，每天就寢前剪下指甲般大小的貼布，貼在針灸的位置上，如此就能有與針灸同等的效果。接著，高譚給了伊琪一個手掌般大的收音機，伊琪接下之後說：

「非常輕呢。」

「務必要帶著，那裡只收得到廣播。」

「誘捕線的另一頭嗎？」

「對，萬一脫離路徑太遠，唯一能和人類世界連結的方法就只有廣播，就這麼一個頻道。」

「一個嗎？」

「我把頻率事先調到了 KJNP（King Jesus North Pole），這是把消息傳送到誘捕線的電台。這是專門為阿拉斯加的狩獵者設立的廣播電台，主要會播報天氣，因為對他們來說天氣就是生存問題。」

在使用手機就能連結一切的世界上，這件事著實教人陌生。

「若是迷了路，若是看了指南針仍毫無頭緒，就無條件往看得見極光的地方走，盡可能越近越好。」

「為什麼？」

「當然是因為那裡會有無論什麼都想上傳到社群網站的網紅啊。最近真的就是這樣，網紅說不定待的地方還比採獵者更偏遠。」

「這是在開玩笑吧？」

高譚並沒有笑。

「您最好避免發生那樣的事吧。」

「謝謝。」

伊琪希望他的溫柔能到此為止就好，要是再越界，自己說不定就難以離開了。先前足三里穴感覺到的發燙刺痛感消失了。伊琪緩緩地站起身，她心想自己必須離開且不能回頭。她向高譚說了句再普通不過的晚安，接著趕緊離開了現場。

伊琪回到旅館，馬上就投入登山準備。她將放入行李箱之後卻一次也沒拿出來的登山用品依序放入背包，接著連上 Skyscanner 應用程式，搜尋從荷馬到費爾班克斯的航班。最快的班機是隔天凌晨五點十分出發的地平線航空。伊琪的選項不多，因為臨時預訂機票，與最便宜的票價相差二十萬韓元左右，但幸好帳戶餘額勉強還能支付。帳戶內的九十三萬元就是全部的財產了，伊琪把在銀行卡應用程式顯示的那個金額當成笑話般看待。

十一個月前，伊琪拿回住辦合一公寓的一億五千萬元全稅[18]金額，改成了支付保證金兩千

18 全稅是一種韓國特有租屋方式，向房東支付房屋市價的一半或更高的金額，就可以在合約期間免付房租。

萬元，每月房租一百萬元的方式。伊琪需要一大筆錢，但光靠薪水根本就不夠支付醫藥費、計程車費等。錢就這樣迅速地流光了，看到金額再度見底，伊琪解了保單，但錢很快又見底了，最後就連住宅請約儲蓄[19]也取消了。

伊琪意識到眼下連住辦合一住宅的房租都付不了，看了一下手錶，現在是韓國時間下午五點左右。她打電話給房東，說從現在開始想從保證金扣房租，請求房東的諒解，房東只簡單說了一句知道了。

掛斷電話後，伊琪再度看了Skyscanner應用程式。雖然現在還沒欠債，但在阿拉斯加的滯留費已達到極限，她只能訂八十八萬六千七百八十六元的機票。如今伊琪的手頭上就只剩作為緊急儲備金的三百美金，以及一張回韓國的機票。

高譚傳來訊息詢問她是否決定好出發日期，伊琪送出了回覆。

——Too soon.（太快了。）怎麼會想在凌晨出發？

伊琪實在說不出自己正面臨金錢壓力。

19 韓國的房屋認購制度。年滿十九歲設有戶籍的居住者，可持身分證和無房產證明到銀行開設請約帳戶，每月存入固定金額，存滿一年即享有優先抽籤、認購資格，年限越久，中籤率越高。

——請別擔心，我會搭計程車的。

訊息是傳出去了，但伊琪說了謊。她打算現在立刻打包行李，搭乘巴士前往荷馬機場露宿，然後直接搭乘凌晨的班機，但高譚再次傳來了訊息。

——芬恩人在韓醫院，他說明天一早就要去安克拉治，可以順便載妳去荷馬機場。

伊琪本來打算回訊息說沒關係，但後來決定作罷，她不想辜負高譚特地拜託芬恩的好意，所以就傳了句「謝謝」。

芬恩的小貨車停在停車場，伊琪將背包放上後車廂，爬上了副駕駛座。

「謝謝你，芬恩。」

「女士，不用 thanks。」

芬恩啟動車子，然後播放起 BlackPink 的〈Ready For Love〉。芬恩配合音樂旋律擺動肩膀。

「女士，這是尋找 ego（自我）的 trip（旅程）嗎？」

「芬恩，我太厭倦我的自我了，所以並不怎麼想找她。」

「沒錯，ego（自我）太boring（無趣）了。」

兩人輕輕地笑了。

「芬恩，你不是說你在吳哥窟時靠著替人算命存了錢嗎？」

「Yes，女士。」

「也可以幫我算嗎？」

「好啊。」

小貨車停在荷馬機場停車場後出來時飄起了細雪，他們一同走進了吸菸室。芬恩將一根菸遞給了伊琪。凌晨的機場吸菸室內悄然無聲，只有前人的煙味久久未散。

「女士好奇什麼事呢？」

「我回得來嗎？」

芬恩不知道伊琪打算去哪裡，因此露出訝異的眼神望著她。

「我只想知道這個。」

芬恩當場丟了個硬幣，接著表情僵住了。

「女士，不要去比較好。」

「我非去不可，芬恩，那下個問題，我可能會死嗎？」

伊琪冷靜地詢問，芬恩再度擲出硬幣，然後回答：

「是。」

「那最後一個問題，我能摘下附著在右手臂的幽靈嗎？」

芬恩又擲出硬幣，然後點了點頭。可能會死，但又能摘下幽靈的機率會是什麼狀況？伊琪不是很明白。

「可是女士想回來對吧？」

伊琪不懂這個問題的意義是什麼。

「怎麼了嗎？」

「因為有些人並不想回來。」

「是嗎？」

“Anyways, you need to be careful. Don’t go into the deep bush.”（總之妳需要小心，別跑到太偏僻的地方。）

伊琪出自本能地明白自己無法遵守這個約定，因此只是微微地點了一下頭。芬恩在菸灰缸上捻熄香菸後起身。

「我打算多坐一會再進去。」

芬恩將印有竹子照片的愛喜[20]菸遞給伊琪。

「這是禮物。」

「是韓國菸呢。」

「在韓國人的民宿裡，一條菸還可抵一天住宿呢。」

「謝謝你。」

「那麼，女士，我就先走了。」

「希望很快能再見面。」

芬恩很有誠意地做了個九十度的鞠躬，接著離開了吸菸室。現在伊琪是獨自一人了。她取出一根菸銜在嘴上，點了火，呼一聲吐出了白煙。

雖然艾力克斯．貝倫已經逮捕歸案，但時差幽靈的故事尚未完結。伊琪的右手臂能感受到這點。正如幽靈船決定自己的葬身之處，從此停泊在北極，時差幽靈也必須回到自己的墓地。

20 韓國菸草品牌 ESSE，以女性消費者為目標族群所推出。

13

飛行三小時十五分後，伊琪從荷馬機場抵達了費爾班克斯國際機場。從荷馬出發時還只是飄著細雪，但這裡卻是來勢洶洶的暴雪。伊琪走出機場後隨即加入了前往迪納利國家公園巴士的等待行列。

來到費爾班克斯後氣溫陡降，就像冬日提前來臨了。巴士很快就抵達，伊琪將背包放入行李放置處後搭上了車。巴士上坐滿了前往迪納利的登山客，之後再度朝著雪山奔馳了兩小時半，伊琪則是處於反覆張闔眼睛的假寐狀態。

巴士抵達迪納利國家公園的停車場，伊琪帶上背包，跟著其他登山客走向塔基特納旅客中心。一走進去，伊琪就將護照和美金交給職員。

"How long will you take?"（妳打算健行幾天？）

"Three days."（三天。）

伊琪給了個籠統含糊的回答後，職員蓋下 Permit（入山許可證）後遞給了伊琪。

"Welcome to real Alaska."（歡迎來到真正的阿拉斯加。）

伊琪再度有了真實感，這裡就是大家經常掛在嘴上的「北方」。

伊琪進入迪納利國家公園入口後，沿途望著雪山前行。處處都能見到印有箭頭方向的木牌，伊琪就循著指示方向走，不久後看到山屋。各種國籍的旅人正在聊天，但伊琪並沒有停下腳步，繼續朝下個箭頭前行。她看到距離下個山屋還剩下兩公里的里程牌，夜幕很快地就降臨了。時間才下午四點，大雪依然紛飛不止，伊琪稍微加快了腳步。

再次出現的里程牌就像某人笨拙地畫上去的，是個魚尾形圖案，若是不認識那個標示的人，八成會以為它只是個塗鴉。伊琪拿出鮑伯給她的阿拉斯加原住民地圖。這裡就是跨越誘捕線的地點了，伊琪頓時緊張起來。跨越既定的路線，這是伊琪這輩子第一次打破的禁忌。她朝那個方向邁開了步伐。

平整的路面慢慢消失，眼前出現了整片龐大森林。外型粗獷的眾多野生樹木在徹底凍結的地面上拔高聳立。嘎唧、嘎唧，附近的駝鹿聽聞伊琪踩在雪地上的腳步聲，緩慢移動了自己鈍重的身軀。只不過是踏進來幾步，卻已經開始覺得難以判斷哪裡有里程牌。伊琪沒有停下腳步，繼續往前走，雪勢猛烈得擋住了視野。

無論再怎麼走，都好像只是在原地打轉。因為不確定自己是不是在往前走，伊琪時不時就回頭看，但只聽見自己撥開水草叢、腳踩在雪地上的聲音。就連方才帶來威脅感的駝鹿也不見蹤影，伊琪突然對急遽襲來的黑暗心生恐懼。

伊琪攤開阿拉斯加原住民地圖，與指南針相互對照。「鯨魚發出屁聲之地」必須再往北走一段。天寒地凍的，慢慢凍僵的雙腿抖得十分厲害，右手臂的疼痛感也突然襲來，讓伊琪不由得皺起眉頭。但她仍持續走著，不一會兒便看到有別於先前迷宮般龐大森林的另一頭風景。為白雪覆蓋的荒涼之地在眼前鋪展開來，就連一隻蟲子也見不著，彷彿生命終止般的凍原地帶出現了，時間流動的聲音也似乎靜止了，就連要分辨東西南北都有困難。伊琪只能朝著指南針所指的北方前行，可是積雪快速地淹到她的大腿高度，要前進就更困難了。一陣狂風猛地席捲而來，伊琪剎時整個人摔倒在雪地上，這時有人朝伊琪伸出了手。

那是個留俐落短髮的東方女子。伊琪握住女人伸出的手才勉強撐起身子。雖然她很想向女人道謝，但嘴巴實在冷得張不開。女人轉過身繼續走她的路，伊琪生怕會錯過女人，於是趕緊跟了上去。

「妳為什麼來這裡呢？」

女人沒有回頭，用韓語詢問伊琪。竟然說的是韓語！伊琪吃驚極了。在阿拉斯加誘捕線的另一頭遇見韓國女人，這個機率可是比在宇宙撿起一根針還低。

「我在尋找鯨魚……放屁的地方。」

伊琪用微小的音量回答，卻沒有聽到回覆。不知聲音是否被暴風雪掩蓋，所以才沒有傳到女人耳中。眼見對方許久沒有說話，伊琪於是自言自語道：

「看來妳也在尋找什麼啊。」

很奇妙，女人的聲音倒是很清晰地傳入伊琪耳朵。她的聲音纖細尖銳，語氣卻很親切。那麼，妳在尋找什麼呢？伊琪的嘴巴被凍僵了，因此只是暗地裡想著，可是女人卻彷彿聽見她的心思似的回答：

「我在尋找可以跳水的地方。」

在這種地方跳水？伊琪不禁懷疑起自己的耳朵。

「那應該去海邊啊，這裡遍地都是雪。」

「現在下的雪堆積起來會有多少呢？積雪是非常深的，掉到裡面的感覺就和跳進大海中一樣。」

女人很有自信地說道。

「這裡感覺都是平地耶，妳打算從哪裡跳下來？」

伊琪反問道。女人與伊琪維持固定的步行速度，以低沉的嗓音說起自己的故事。為了不錯過她的故事，伊琪瞬間打起了精神。

留俏麗短髮的東方女子很喜歡高空跳水，她第一次跳水是在首爾綜合運動場的跳水游泳池，從一公尺高的位置跳下，當時年紀是二十五歲。經過三公尺、五公尺、十公尺，不知不覺中她已來到十五公尺高的地方，也學習了跳下時的各種姿勢。女人很喜歡高空跳水，因為感覺就像墜落時仍迫切地展現舞姿。

從三十公尺高的懸崖上以跳水姿勢躍入大海，只需三秒鐘。女人認為那支舞是世界上最亮眼帥氣的。女人甚至從游泳池轉移陣地到大海，嘗試起懸崖跳水，還夢想著有朝一日能參加業餘比賽。但隨著健康狀況惡化，女人必須停止跳水。

不管是游泳池的水或海水，只要水接觸到身體的那一瞬間就變得難以忍受。她很懷念再度跳水的滋味，直到後來突然好奇若是跳入積雪中會是什麼樣的感覺。原本只是天馬行空的想像，但隨著女人來到阿拉斯加之後，卻逐漸變得具體。

直到有一天，她聽說了過去由俄羅斯人設立，但後來遭到棄置的三十公尺高通訊塔的故事。女人說自己正在尋找那個地方，還說以今晚下雪的程度，積雪可以達到十公尺高，等到她爬到通訊塔的頂端，就要直接從那個地方往下跳。

女人微微往上拉的外套底下，露出了如花梗般纖細的手腕。伊琪心想，要靠那柔弱的手腕爬到通訊塔無疑是天方夜譚。女人似乎讀出了伊琪的想法。

「只要想成是一個很巨大的鐵格攀登架就行了，我並沒有外表那麼柔弱。」

聽到這話後，伊琪還是無法相信，但她有了更好奇的問題。

「萬一跳下時死了怎麼辦？」

「就算這樣也不能算是自殺啊，因為我只是在跳最後一支舞罷了。絕對不能是自殺。」

女人果斷地回答。

「為什麼？」

「我認識的因紐特人是在這塊土地上出生的，根據他們部落的說法，最好的死法是在做自己真正想做的事情時死去，唯有這樣，下輩子才可能在相應的條件和環境中出生。」

這些話聽在伊琪的耳裡，她覺得女人似乎將這當成了信仰。女人貌似希望下輩子能成為跳水選手。轉眼間，眼前出現了一座通訊塔。伊琪仰頭望著通訊塔，這是一座約三十公尺高、外貌斑駁可怖的鐵塔，伊琪心想，它就像在萬物凍結的滅亡地球上兀自站立的艾菲爾鐵塔。女人卸下了揹在背上的行囊，接著脫下戴了好幾層的手套，最後只留下一雙。

「妳真的打算爬到這上頭嗎？有裝備嗎？」

伊琪一臉擔憂地詢問。

「我要爬上去等待積雪堆得更高。等落雪累積的這段時間，我就好好地欣賞風景，妳趕緊到誘捕線外頭去吧。」

聽到這些話後，伊琪只露出一臉空虛的微笑。積雪已經來到伊琪胸口的高度了，所以連步行都有困難。以這速度來看，夜晚來臨之前很快就會累積十公尺。伊琪這時才察覺女人並沒有打算活著回到誘捕線外頭。

「與其抱著尋死的心情跳水，乾脆去參加比賽不是更帥氣嗎？」

伊琪再次詢問女人。

「哪有那種時間呢？我才沒時間去做那些在他人眼中帥氣的事情呢。就算是參加業餘比賽也要做藥物檢測什麼的，何必做那麼麻煩的事啊？這輩子大多時候都得表現給別人看，為什麼現在還要，都事到如今了？」

女人說的話對伊琪來說也全都適用，但即便如此，假設如她所說，跳水是一種墜落時展現的舞姿，那這支舞不是應該要有人觀看嗎？伊琪小心翼翼地心想，假如那人是自己呢？女人這次似乎也讀出了伊琪的想法，回答道：

「妳要去尋找妳的路，而我必須跳完我的舞。」

「那我……」

妳的。伊琪的腦中再度浮現自己眼前的路。

「我必須去鯨魚放屁的地方。」

「那就趁積雪更深之前趕快往那去吧，中途別停下。」

女人指著通訊塔的另一頭。雖然指了也不過就是一片白茫茫的平地，但伊琪望向女人指尖所指之處。

「那誰會記得妳的舞步呢？要是沒人看見……」

「至少這座通訊塔會記得囉，因為我會付出所有真心跳這支舞。」

經過這短暫的對話，雪勢更加猛烈了。

「我現在要爬上去了。這種驚人可觀的暴雪，只有這裡的冬天才見得到。」

現在還不是冬天耶，還只是秋天。

伊琪內心想道。女人開始攀爬通訊塔了。她沒有使用任何裝備，沉著冷靜地徒手攀爬，穩定地踩上一階又一階，女人看上去就像在攀爬巨人攀登架的孩童。

伊琪經過通訊塔，朝著女人所指的方向前進。直到某一刻轉身回望時，早已看不見通訊塔，自然也不見女人的身影，僅有黑暗從四面八方湧入。

儘管她四處徘徊，周圍能看見的就只有白茫茫的雪。濕透的衣物、從口中吐出的寒氣、因疲倦而逐漸模糊的眼神，再加上失去方向感的步伐，伊琪的腳步踉蹌，好不容易才跨出一步。無論轉頭望向哪一邊，視野觸及的就只有狂嘯不止的暴雪。伊琪心想，自己可能會永遠在雪之迷宮中徘徊，直到一頭巨鯨骨頭的殘骸矗立在自己面前。

是鯨魚墳墓。鯨魚墳墓由數十塊骨頭如石碑般豎立並互相倚靠構成，高度足有十公尺。伊琪倒是無暇驚嚇，而是懷抱著能否找到一處避寒地的期待感，走進了鯨魚墳墓內的空地。這裡雖然不是能使凍僵的身體融化的冰屋，但光是能在放眼望去盡是白雪的荒涼之地感覺到人類來過的些微痕跡，就足以令人安心。伊琪倚靠鯨魚骨頭坐了下來，感覺身體逐漸陷入積雪之中。

若是在鯨魚墳墓睡著就會做鯨魚夢的說法是真的，伊琪進入了鯨魚夢中。在夢中，伊琪為了追逐龐大的鯨魚而游到大海底下。伊琪的身體彷彿下一秒就要無止盡地墜落在那深淵之中。即便是在夢中，伊琪依然感覺到自己永遠都無法回到水面上，可是一種難以言喻的強大力量卻將伊琪往水面上推。伊琪的身體和泡沫一同在漩渦中旋轉，是鯨魚放了屁。

伊琪再度睜開眼睛時，感覺自己彷彿置身宇宙的冥王星，右手臂毫無知覺，雙腳也凍僵了。她心想，人生就要在此畫下句點了啊，但眼前卻出現了一個足以遮天的龐大眼球，是外型為白眼球的時差幽靈。

時差幽靈緩慢地伸出細長手臂，緊緊地揪住伊琪的身體。正當伊琪大口地喘氣，這時有個龐大沉重的東西攻擊時差幽靈的腿。時差幽靈痛苦地掙扎並鬆開了手。駝鹿現身了。

駝鹿以一雙紅眼瞪著時差幽靈，接著發出「嗚噢噢噢——嗚噢噢——」的怒嚎聲，那聲量足以媲美雷電，在靜謐之中響徹雲霄。受到衝擊後，時差幽靈在地面上栽了個跟斗，摔個四腳朝天，而這次換伊琪站到了時差幽靈的紳士帽上頭，接著她把原本放在口袋的照明彈點著後扔進了紳士帽內。火花四濺，紳士帽開始吐出白色眼球，那眼球有多種變幻的型態。

孩子的腿、手臂、腳、玩具、書、臉、手錶……孩子們從過去至今被時差幽靈吞噬、剝奪的回憶和時間傾巢而出，最後掉出外頭的是醫院遊戲的玩具。伊琪蹲坐在地上撫摸那個玩具，剎那間在幼兒園獨自逃跑的六歲伊琪轉過身，跑回紗裕身旁並一把摟住了她，接著伊琪說了：

「我絕對不會丟下妳一個人。」

過沒多久，時差幽靈的身軀逐漸縮小，緩緩地在雪中消失了，只剩下風雪依然在原地打轉。駝鹿來到了伊琪跟前，牠的雙眼轉變成深褐色。伊琪感覺到，自己從許久之前就與這頭比自己個頭要高的駝鹿同行了。駝鹿再度平靜下來，然後繼續走自己的路，伊琪也跟在駝鹿後頭走。這是個寂靜到不可思議的夜晚。

伊琪和駝鹿沒有任何對話，他們只是一同前進。不一會兒，他們來到伊琪初次跨入誘捕線內的地方，接著駝鹿就轉身離開了。

✚

鮑伯替伊琪取了個綽號，叫做因紐特的女人。伊琪是自行走入誘捕線的另一頭，又自行走回來的人。據說若不屬於因紐特族，這件事是幾乎辦不到的。高譚沒有露出太多表情，只說了句「真無趣啊」，但內心卻對平安歸來的伊琪很是驕傲，所以他們決定舉辦一場派對，又名「剪指甲派對」。

伊琪回來的隔天，聚集在花園的高譚、卡羅琳、鄭女士和里斗全都盯著伊琪的右手臂猛瞧。最後，伊琪拿起指甲剪時，大夥兒都一臉緊張。

“Can I clip my nails?”（我有辦法剪指甲嗎？）

伊琪露出緊張的眼神詢問大家之後，便「喀」地一聲剪下了大拇指的指甲。指甲彈落到地上，但伊琪的緊張感絲毫未減，其他人則是大大地鬆了口氣。大家都替伊琪拍手祝賀，里斗撿起了掉在地上的指甲。

“Her nails are mine! Haha!”（她的指甲是我的！）

她剪完五根手指頭的指甲後又多等了一會兒，但也沒有感覺到疼痛。雖然伊琪心中依舊抱持著說不定幾小時後又會突然疼痛的恐懼感，但她可以感覺到現在確實不一樣了，細胞再也不記得疼痛了。

“Let’s have a drink to celebrate!”（我們來喝一杯慶祝吧！）

鄭女士一邊搖晃伏特加酒瓶一邊說。

"The cold wind is the best food for vodka. Shall we go to the rooftop?"（冷風是伏特加的最佳良伴，我們去屋頂吧？）

高譚的話尾剛落，大家就有志一同地各帶上一把折疊椅和杯子上樓去了。一來到屋頂，大家便各斟了一杯伏特加。卡羅琳不知道什麼時候帶上了毯子，只見她悄悄地將毯子蓋在鄭女士的膝蓋上頭。一瓶伏特加轉眼間就喝光了，因此高譚又從韓醫院拿來用藥草泡的藥酒。儘管大家都很懷疑來源，但反正有酒便足矣。

"Let's play a game!"（我們來玩遊戲吧！）

鄭女士一提議，卡羅琳便連連拍手說好。卡羅琳雖然不太懂韓語，但對於韓國酒席上的遊戲文化倒是一把罩。

"Which one?"（要玩哪一個？）

"3・6・9 games are good too. King game?"（玩三六九[21]也不錯，還是國王遊戲？）

他們決定玩能簡單說明規則的形象遊戲。

"Who do you think likes sex the most?"（你覺得誰最熱衷性事？）

聽到鄭女士的提問，大夥兒都指向卡羅琳。卡羅琳乾了一杯，提出下一個問題。

---

21 韓國流行的酒局遊戲，每個人依序喊出數字，但只要碰到3、6、9，就以拍手取代喊出數字，出錯就要罰酒。

"Who do you think has had the fewest relationships?"（你覺得誰談的戀愛次數最少？）

這次換里斗獲得了壓倒性的勝利。這人問完換那人，然後這次輪到了伊琪。

"Who is most likely to leave Alaska first?"（誰最有可能先離開阿拉斯加？）

聽到伊琪的提問後，大家都指向了高譚，只有伊琪指著自己。這時高譚開玩笑似的喃喃說了句「搞不好我在搜索日跨越誘捕線後就回不來了」，雖然大家都知道這只是一種北極式的笑話，但聽完之後卻變得肅穆起來。

大家在四處滾落的酒瓶之間各自進了睡袋，像隻幼蟲般入睡了。伊琪睡不著覺，因此爬出了睡袋。高譚獨自坐在折疊椅上，伊琪走到高譚身旁，深了個懶腰後，望著在雪山後頭隱約浮現的旭日紅光。幾乎是早晨了，幾乎……兩人就這樣一起觀賞這個「幾乎」的時刻。伊琪從背包中取出收音機遞給高譚。

「現在醫師您需要它了。」

「過了十二小時四十五分了。」

「什麼？」

「剪完指甲後經過的時間。」

「……不會痛。」

「什麼時候走？回韓國。」

「三天後。」

「那就見不到了。」

「是呀。」

「醫師您是明天出發吧？搜索日。」

「對。」

兩人保持靜默。

"Hey, we are all here. English please."（嘿，我們都在這，說英語。）

卡羅琳頂著一頭亂髮醒來後說道。

"Something serious?"（是在講什麼嚴肅的事？）

"No, just casual talk."（沒什麼，只是隨便聊聊。）

伊琪裝作若無其事地答道。

"Your Korean sounds serious. Anyways Izy is always serious. Even from very beginning."（你們說的韓語聽起來很嚴肅，總之伊琪本來就很嚴肅，打從一開始就是。）

"No, She got sick."（她是因為生病了。）

里斗從睡袋起身，以帶有醉意的聲音說道。

"It's the same."（都一樣啊。）

卡羅琳看著里斗說道。

"How is it the same?"（這怎麼會一樣？）

卡羅琳和里斗結束無趣的鬥嘴，里斗詢問伊琪。

「伊琪桑回韓國後要做什模？」

"I don't know what I am going to do next."（我還不知道接下來要做什麼。）

"Alaska knows it."（阿拉斯加知道。）

里斗答道，像在告訴伊琪不必擔心。

「是嗎？」

伊琪想這麼相信。這時高譚說了：

"Stop talking about Alaska thing, Rito."（別再說阿拉斯加的事情了，里斗。）

"No, we all came here because we were called by Alaska."（不，我們都是受到阿拉斯加召喚才來的。）

"I'm not sure if Alaska truly called me here."（我不確定阿拉斯加是否真的召喚我來這裡。）

伊琪、里斗、鄭女士和卡羅琳全都望著高譚的背影。伊琪能感覺到他們內心正奮力地朝著高譚大喊：

看看這邊，我們不是都在這嗎？

但高譚並沒有轉頭，北極圈的旭日散發紅光，照亮了高譚的臉。

伊琪回到旅館，從行李箱取出KIEV 35A相機。她試著用右手握住相機，頓時百感交集，現在她能按下快門了。自從來到阿拉斯加，她一次也沒拍過照。雖然一方面是因為身體狀況的緣故，但事實上伊琪過了三十歲後，也幾乎沒有拿手機來拍照，她既沒有在Instagram，也沒有在臉書或Flickr上傳照片。

除了替雜誌社和專業攝影照修圖，伊琪完全不碰照片。說穿了，是她害怕會產生「我的照片」的偏好，要是那變成一種固執，在商業上就會失去彈性的視角，但如今伊琪明白，那不過是陷入自我憐憫的玩笑話。伊琪只是沒有想拍的東西罷了，但如今她有了想拍的主題。

她將35mm底片裝進相機，將鏡頭焦點對準窗戶另一頭。環抱雪山的大海一如往常在那裡。

喀嚓——

往後她會隨興之所至來拍照。伊琪看見站在櫃檯的卡羅琳，才剛把鏡頭焦點對準她，卡羅琳便以特有的冷笑表情對著伊琪舉起中指。

喀嚓——

伊琪走到旅館外頭，深深地吸了一大口冰冷的空氣，接著朝荷馬的唾液（Homer spit）走去。那是一條猶如朝大海吐一口唾沫後形成的細長道路，在它的盡頭，矗立著一座俄羅斯開拓者的銅像。

喀嚓——

底片剩下十八張。那麼自己想留下什麼呢？這裡有著各大攝影師百般渴望的大自然，但此時伊琪很確定自己想拍什麼。滾燙的情感從內心深處湧現，這台相機從高中時就給了伊琪特別的勇氣。只要拿著它，無論做出什麼事，都能拿「是為了拍照」來替自己辯解。

她的腳步很自然地朝阿拉斯加韓醫院走去。抵達建築物時，人群接二連三地走了出來，隨後診療時間結束，高譚也下樓了。看見坐在階梯上的伊琪，高譚非常詫異。

「天氣很冷，您整個人縮在這做什麼？」

「明天就出發了，但您今天還在工作呢。」

「算是一種整理囉。」

「醫師，我可以拍照嗎？」

高譚看了看周圍。

「拍我嗎？現在？」

「對。」

高譚這時才發現伊琪拿在手上的小型相機。

「這裡可是阿拉斯加，為何偏偏……？」

「拍您嗎？」

「有必要為了拍我而浪費底片嗎？」

嘴上雖然這樣說，高譚仍悄悄將手靠在牆上，擺出模稜兩可的姿勢。

「主要是拍臉。」

高譚立刻放鬆身體並說道：

「早說嘛。」

伊琪分別從左右側觀察高譚的臉，高譚則是靜靜地注視觀察自己的伊琪。

「我要提問囉。」

「提問？」

這是伊琪在拍人物攝影時期的習慣。為了捕捉人物的表情，伊琪會丟出問題。雖然可能會有觸及無謂情緒的風險，但有助於偶然創造出很棒的表情。至少在這一瞬間，即便是拖泥帶水的問題也可以果敢提出。

「應該說是為了拍出好照片而提問吧？」

「好的。」

「可以回答，也可以不回答。」

高譚露出略為緊張的表情將雙手整齊交疊，站得直挺挺的。

「最喜歡什麼季節？」

「夏天。」

喀嚓——

「是喜歡韓國的夏天，還是阿拉斯加的夏天？」

「韓國的夏天。」

喀嚓——

「在韓國時，夏天都會做什麼？」

「吃著燒燙的糖餅，喝杯夏日美酒，然後發呆。」

「在夏天吃糖餅？」

「那時節吃剛剛好。」

高譚的臉上充滿了對糖餅的懷念。

喀嚓——

「那回韓國不就好了嗎？」

「那有難度。」

喀嚓——

「為什麼？因為要專注在每年的搜索日上頭？」

「因為對太太很愧疚，要是我獨自回韓國的話。」

喀嚓——

「不過，是不是把太多底片用在我身上了？有點浪費。」

「一點也不浪費，醫師。」

隔著相機的兩人，一時之間沒有說話。

「明天會去多久？」

「每次都不同。」

「第一天的步調會比較慢嗎？」

「不，若要承受阿拉斯加急遽變化的天氣，即便是第一天，只要天氣好就要騎著雪上摩托車往前衝，盡可能一口氣到最遠的地方。」

「原來如此。」

「明天沒辦法去送行了。」

瞬間，她從高譚的臉上讀到了惋惜。伊琪很喜歡那個表情。

喀嚓——

「那我怎麼辦？」

「什麼？喔，伊琪小姐的右手臂和手都好多了，之後會沒事的。」

喀嚓——

高譚也知道，「那我怎麼辦？」所蘊含的意思並不是指那個。

「大概沒辦法再見到了吧？」

「畢竟阿拉斯加不是輕易就能回來的地方。」

「那現在就是最後一次了呢。」

「保重。」

「好的，醫師您也是。」

喀嚓——

下一刻，高譚鄭重地鞠了躬，經過伊琪身旁，走下了階梯。

「不過我會寄鮮蝦泡麵和糖餅材料包給您的，從韓國寄到韓醫院。」

高譚回頭望著伊琪。

「謝謝。」

喀嚓——

伊琪把高譚最後一個表情也收藏到鏡頭內，高譚則是直接離開了建築物。

抵達旅館時，Instagram 響起私訊通知，是紗裕傳來了訊息。伊琪懷著忐忑的心情開啟訊息視窗，紗裕說自己會重新把未完的童話結局寫完。

——第一句我打算這樣開始。

「孤兒變成了龐大的駝鹿。」

就算紗裕沒說，伊琪也知道接下來的故事是什麼。

14

搜索隊啟程了，但其他人的日常如常運轉。伊琪打包了要回韓國的行李。登山用品已經全數賣給荷馬的二手商店，行李也因此變輕不少。伊琪打算往後也要慢慢地減輕人生的行李。她查了明天上午出發的巴士時間表。

叩叩，鄭女士敲了房門，說是有事要拜託即將回韓國的伊琪。她問伊琪回去之後能不能幫她寄鋁箔包的真露燒酒、不倒翁牌的冷凍辣炒年糕和冬粉條。鄭女士與當地韓國人社群斷了往來，也因此失去了取得韓國物品的管道，再加上她正在打離婚官司，手頭也很緊。鄭女士哀嘆說自己實在太想念辣炒年糕配燒酒的滋味，伊琪很爽快地答應了。

鄭女士高興地整個人幾乎要跳起來，索性一屁股坐在桌子前寫下需要的物品，像是管狀辣椒醬、羊羹、咖哩與大醬粉。

「鄭，妳沒打算回韓國嗎？」

「姓金的那王八蛋把消息都傳到我娘家了，所以現在回不去，需要一點時間。」

「鄭，以後也要跟我聯絡，我會一直替妳寄需要的物品。」

鄭女士瞬間淚眼汪汪地望著伊琪。

「離開這裡之後，妳會最懷念什麼？」

「在冰河上喝鋁箔包燒酒？」

「和高譚嗎？」

伊琪默默地點頭。

「高譚是把我從厭食症救出來的恩人，他真的是個好醫生，但……」

鄭女士遲疑了許久，最後才說了些話。

鄭女士原本以為銀河是個柔弱的女子，但在因緣際會下，兩人一起接受射擊訓練並越走越近，才發現銀河和想像中的不同。她懂得正視死亡，關於死亡也有一套自己的明確見解。

「再怎麼說，還是回韓國去打聽、接受移植手術比較好吧？」

鄭女士問完後，銀河如此回答：

「我不想死在醫院。我知道在都市死去是什麼滋味。主治醫師宣告死亡後，護理人員負責清理由我的身體排出來的分泌物，接著會讓家屬瞻仰一會我的遺容吧。一人病房的費用很高，所以我肯定會在多人病房迎接死亡吧？而我的死亡，就這樣被公開了。

是啊，我是可以為了再苟活一些時日而接受治療，但就算再次接受手術，也無法確保我的存活機率。我已經在拒絕延命醫療上簽了名。若是肺癌，就算患者拒絕延命醫療，醫院仍會為患者供給營養直到最後一刻。法律就是這樣，所有患者都必須被迫接受以最後的人權為名所注射的營養劑，那是抗拒不了的。我希望能在死前都保有尊嚴，做我想做的事。」

鄭女士聽銀河這麼說完，點了點頭。銀河和鄭女士有個共同點，兩人都是到巴黎去蜜月旅行。

「男人啊，以為女人都喜歡艾菲爾鐵塔。」

鄭女士對銀河的話深有同感。銀河說自己看著艾菲爾鐵塔時，想像著自己往上攀爬的模樣。在首爾時，銀河到二十五歲以後都很熱愛高空跳水，但隨著皮膚炎復發，她再也無法進入泳池，所以她原本打算在大海進行懸崖跳水，但海水同樣會導致皮膚炎惡化。

「那是叫我在哪跳水啊……」

銀河以自嘲的口吻說道，之後沒再說下去。銀河拒絕做抗癌治療，在安克拉治大學附屬醫院領取嗎啡作為處方藥，但沒有住院的話，能領取的嗎啡劑量有限。隨著病況惡化，銀河需要更多的嗎啡劑量，但她直到最後都不肯住院。也就是在這過程中，她與高譚之間的裂痕日益嚴重。

銀河的立場是以藥物控制病痛並維持日常生活，直到取得嗎啡的劑量達到極限，便開始購買相對取得容易且價格便宜的吩坦尼貼片。很快地，銀河就對吩坦尼成癮。

從那時開始，銀河陷入了因紐特族的死亡論。銀河說自己想要跳水，換句話說，她想尋死，但在高譚看來，銀河的狀態不過是藥物所造成的幻覺。

當鄭女士說完故事之際，伊琪明白了自己該做什麼。伊琪一抵達里斗的花園，就立即來到角落的 iMac 前坐了下來。她打開照片檔案替銀河的遺照修圖。照片中的人是一個留著俐落短髮的東方女子，銀河。

伊琪想將深藏在銀河內心某處的東西取出後，添加在她臉龐的神韻上頭。相較於復仇心、怨懟與憤怒，她試著想要擷取類似一絲光芒之類的東西。伊琪透過照片明白了，人臉同時具有光明與黑暗，根據你看哪一邊，就會看起來截然不同。

在想像的盡頭，伊琪的腦海中剎時浮現了銀河在陽光照入的阿拉斯加韓醫院與高譚對視的情景。雖然只是短短幾秒，但銀河的心被盈滿了。就是這個表情。伊琪用腦中的快門拍下銀河的表情後，努力記住它。伊琪緩緩地移動左手，一結束修圖作業，就按下了儲存鍵。她將照片檔案名稱設為「銀河的光」。

伊琪回到旅館做最後的打掃。包括地板、窗框、洗手間、衣櫃及桌面，彷彿要讓自己曾來過這裡的痕跡徹底消失似的，全部清理得乾乾淨淨。直到就連伊琪的一根髮絲也見不著的時候，她收到了訊息。

——Hi, I am Bob. I asked Godam for your number.（妳好，我是鮑伯，我向高譚要了妳的電話號碼。）

——Do you text?（你會傳訊息？）

——Sure.（當然囉。）

伊琪還一頭霧水，鮑伯就連續傳了好幾則訊息。

——Come out. Now.（出來吧，現在。）

——Why?（為什麼？）

伊琪看了一下手錶，是凌晨一點。

——The search party lost their connection. We lost him. Our most beloved doctor and friend. So we are going to Anchorage.（搜索隊失去了聯繫，我們失去了我們最親愛的醫師與朋友，所以我們要前往安克拉治。）

伊琪的腦袋一片空白。她認為自己沒看懂英文，所以又讀了一遍，但結果依然相同。她立刻帶上行李箱和背包來到汽車旅館外頭，鮑伯的吉普車已經停在入口。

她打開副駕駛座的車門後，看見握著方向盤的鮑伯。包含鮑伯在內，可以感覺到坐在後座的卡羅琳、鄭女士、里斗全都處於不安的沉默中，竭力避免與彼此對看。哪怕只是眼神交會一秒鐘，誰都可能會放聲哭出來。他們個個輕咬嘴脣強忍著，努力維持面無表情。

高譚每年出發去參加搜索日之前，都會製作一份「要是自己發生什麼事」必須通知的親朋好友通訊錄給鮑伯。因為他知道，在緊急情況下最沉著冷靜的人是鮑伯。一如高譚所料，鮑伯在聽到消息後就冷靜地轉發訊息，並在前往安克拉治的路上依序接人。

「我們要去哪裡？」

「安克拉治 KJNP 廣播電台。」

這時伊琪才想起高譚曾提過那是「把消息傳送到誘捕線的唯一頻道」。

伊琪、里斗、卡羅琳、鄭女士和鮑伯一行人並肩走入正在錄音的廣播電台內，隨後芬恩也趕來了，他是在接送客人途中聽到消息的。在玻璃窗另一頭的錄音室內，金髮的中年白人男性與白髮的因紐特族女人並肩坐著，當男人以英語說話時，女人就會翻譯成因紐特族的語言。

伊琪以不安的眼神注視著窗外落下的暴雪。在前方整理裝備的製作人走向他們並說明情況。

"We'll send out the message. Please say the last words to your friends. The rule is 'no crying'!"（我們會把訊息傳送出去，請向你們的友人說最後想說的話，規則是不能哭！）

金髮女人告訴伊琪輪到她了。伊琪朝著亮起 On Air 紅燈的方向走去時，雙腿抖動得很厲害。

錄音室內僅有伊琪一人。她坐在麥克風前，戴上頭戴式耳麥後，紅色的燈光亮起。

「您在聽嗎？」

伊琪好不容易才吐出了一句，接著再度緘默不語。隨著沉默的時間拉長，窗戶另一頭的製作人打出了催促的手勢。伊琪閉上眼睛，回想誘捕線的另一頭。在暴雪中一望無盡的白茫茫雪地，在強風中感受到生命徐徐消失的地方，有個男人抱著「說不定再往前走一點就能找到」的期待，因此無法停下腳步，持續在原地徘徊不去。伊琪試著伸出手。雖然前方有雪白布幕阻擋，所以伊琪的手無法觸及，但她試著再將手伸長一些。

「醫師，這世界太過喧嘩，所以我一次也沒有仔細傾聽過內心的聲音，打從出生到現在，一次也沒有……可是，誘捕線的另一頭是那樣寂靜，那時我就明白了，我苦苦盼著的，是就連我也全然沉默的寂靜……於是，一切都清晰起來了，我真正的聲音，以及我內心的幽靈。

銀河在那裡面聽到了自己的聲音。銀河大概是想用舞蹈來表現它吧，哪怕是以站在通訊塔頂端往下跳的方式……她肯定是聽見了自己想這麼做的聲音。即便那是他人無法理解的奇異夢境，但那確實是在寂靜中吶喊的內心聲音。

大部分的人不是也一輩子聽不見內心的聲音嗎？現在那個地方也很安靜嗎？所以醫師您也聽見了嗎？屬於您的聲音……」

麥克風關閉了。伊琪起身，緩緩地走出錄音室。

“You should go to the airport now!”（妳該去機場了！）

里斗看著手錶說道，伊琪卻遲遲無法邁開步伐。

“I don't want to go.”（我不想走。）

雖然嘴上是這樣說，但伊琪明白自己沒辦法再多做停留。到了明天，她就會立刻變成非法滯留人士，若真的演變成那樣，就會給所有人添麻煩。

“No, this is decided by Alaska.”（不，這是由阿拉斯加決定的。）

伊琪最後留下他們，獨自來到外頭並攔了一輛計程車。

在安克拉治機場時，伊琪的目光依然離不開電視。搜索隊至今仍杳無音訊，電視上開始播報不樂觀的消息，內容說的是能撐這麼久的機率極低。

植村直己為了讓狗兒有食物可吃，丟掉了十公斤重的無線電。如今伊琪明白，若是你不捨生忘死，就無法朝任何方向前進。還有，最好還是選擇前進。高譚，不，搜索隊會做出什麼樣的選擇呢？

廣播開始通知飛往仁川機場的乘客登機，伊琪將這個問題拋在腦後，起身朝著登機口走去。

首爾的住辦合一公寓猶如一座冰窖，伊琪躺在房間的地板上，等到冰冷的氣息纏繞全身，她就會覺得自己依然還在阿拉斯加。這令她感到安心。

15

日常生活持續運轉，為了挽救見底的經濟狀況，伊琪急切地尋找工作。《登山》月刊在招聘攝影師兼資深修圖人員，她通過了資料審查，也去面試了。

伊琪最近曾去阿拉斯加迪納利健行的事蹟讓面試官很滿意。面對憑空多出一項加分資歷的情況，伊琪倒是有些不知所措。面試官表示，希望伊琪下週就來交接上班。

紗裕的 Instagram 帳號消失了，伊琪在阿拉斯加時和她互傳的訊息也像打從一開始就不存在似的蒸發了。此時的她，會站在內華達州審判艾力克斯・貝倫的法庭證人席上嗎？又或者正一邊環遊世界一邊創作童話呢？伊琪只能兀自有氣無力地想像。

伊琪每天晚餐都是以鋁箔包真露燒酒配鮮蝦泡麵吃，她想告訴高譚，喝燒酒時，鮮蝦泡麵要比天婦羅海鮮烏龍麵更對味。鄭女士從阿拉斯加聯繫伊琪，說自己有重要的物品要收，如果伊琪方便的話，能不能代她領取再以包裹一起寄給她。

伊琪站在住辦合一住宅的附近等人拿東西過來，這時在人群之中看見了熟悉的臉孔。是幻覺嗎？伊琪揉了揉眼睛，但生怕自己會錯過那個幻覺，於是身體不由自主地往前走。伊琪一眼就認出他了。高譚不疾不徐地走近，伊琪瞬間雙腿癱軟無力，整個人跌坐在地上。高譚也跟著屈膝蹲下。

「怎麼了？怎麼一副見鬼的樣子？」

不是魂魄也不是幽靈，是他。

「我想給您一個驚喜。」

聽到高譚一貫淡然的口吻，伊琪的眼眶頓時有淚水在打轉。

「找到了嗎？銀河呢？」

高譚搖搖頭說：

「我被救出來之後，和阿拉斯加的朋友們一起舉辦了葬禮。氣氛很愉快，因為銀河的遺照上看起來就是這樣。」

「怎麼會大老遠跑來這裡？」

「距離也不算遠。」

高譚攙扶伊琪起身，露出開朗的微笑注視著她。

「……現在還是冬天，距離夏天吃糖餅還要好久。」

「我可以等到夏天，就是這麼打算才來的。」

「韓醫院呢？」

「休業囉。」

「可以這樣嗎？」

「在阿拉斯加當然也可以享受夏天的糖餅和夏日美酒，如果您一起去的話，不過在哪邊都無所謂。」

「我也是，在哪邊都無所謂。」

「那我們……是在同一邊呢。」

離開誘捕線的搜索隊遇上了突如其來的暴雪。雪上摩托車因結凍被迫停下，無線電只發出了滋滋滋的雜訊，剩下的就只有收音機。

阿拉斯加的深夜，在寸步難行的風雪之中，高譚注視著另一頭。跨越界線後就是蒼茫的荒野之地。高譚有種預感，或許自己會就此一去不回。他又朝著紛飛大雪跨出了一步，這時，收音機傳出了伊琪的聲音。那一刻，在天空肆意潑灑的極光……交纏的粉光與綠光不住舞動著，宛如一支從通訊塔翱翔至此的靈魂之舞，而高壇清楚地明白了一件事——

他想走回能聽見那個聲音的方向。

作者的話

這本書的初稿是在二〇一五年夏天完成的，等於花了八年的時間才付梓問世。

我過往一直都是寫電影劇本，因此我認為小說與電影不同，是相當個人且私密的單獨作業，而初次體驗的小說出版過程——

正如小說中的伊琪在阿拉斯加遇見夥伴們之後有所蛻變，我也遇見了支持我、提供不同意見、耐心等待我的各方人士，因此變得越來越好。多虧了這些人，小說才有出版的一天。

我要向四季出版社的尹雪熙編輯、金孝珍設計師、張瑟琪組長及所有職員致謝，此外也要特別感謝替我寫推薦語的金浩然作家、HODU&U Pictures 的李靜恩代表、權素恩理事、李民宇、金宥禎、李恩，以及鳳子和貓咪古巴。

二〇二三年春天

李昭妗於麻浦城山洞

阿拉斯加韓醫院
알래스카 한의원

作　　者　李昭姈
譯　　者　簡郁璇
封面設計　倪旻鋒
內頁排版　高巧怡
行銷企劃　江紫涓、蕭浩仰
行銷統籌　駱漢琦
業務發行　邱紹溢
營運顧問　郭其彬
責任編輯　吳佳珍
總 編 輯　李亞南
出　　版　漫遊者文化事業股份有限公司
地　　址　103台北市大同區重慶北路二段88號2樓之6
電　　話　(02) 2715-2022
傳　　真　(02) 2715-2021
服務信箱　service@azothbooks.com
網路書店　www.azothbooks.com
臉　　書　www.facebook.com/azothbooks.read
發　　行　大雁出版基地
地　　址　231新北市新店區北新路三段207-3號5樓
電　　話　(02) 89131005
傳　　真　(02) 89131056
劃撥帳號　50022001
戶　　名　漫遊者文化事業股份有限公司
初　　版　2024年01月
定　　價　新台幣390元

ISBN 978-986-489-890-9

國家圖書館出版品預行編目 (CIP) 資料

阿拉斯加韓醫院/ 李昭姈著 ; 簡郁璇譯. -- 初版. -- 臺北市 : 漫遊者文化事業股份有限公司 : 大雁出版基地發行, 2024.01
288 面 ; 14.8 × 21 公分
譯自 : 알래스카 한의원
ISBN 978-986-489-890-9(平裝)

862.57　　112021576